新世紀
少兒文學家

新世紀
少兒文學家

新世紀
少兒文學家

新世紀
少兒文學家

新世紀少兒文學家09

大俠古安安

【第一本高雄俠義少兒文學作品】

姜子安精選集

林文寶 主編
姜子安 著
李月玲 圖

目錄

編選前言／林文寶 p.004

推薦姜子安：

飽富人文關懷的書寫／林文寶 p.008

與小讀者談心：

種子在發芽／姜子安 p.011

1. 大俠古安安 p.017

2. 天使情緣 p.081

3. 你吃過秀逗糖嗎？ p.103

4. 阿嬤的廚房 p.133

5. 彩虹橋　p.155

6. 等待一朵花的開放　p.183

附錄：姜子安少兒文學著作一覽表　p.212

編選前言

國立臺東大學榮譽教授　林文寶

在兒童習得閱讀技巧、累積閱讀經驗並養成閱讀習慣的歷程中，本然存在著不同階段的差異與跨越；從嬉遊歷險到思考認知，從圖畫影像而聲光文字，不同的閱讀取向和內容顯然豐富了當代少年、兒童讀物的樣貌。在臺灣，少兒讀物擁有廣大的閱讀群眾。無論是歸屬於臺灣本土創作與得獎作品，還是大量翻譯國外優良的作品。廣度上在於出版的「數量」；深度上在於作品的「品質」，均有相當高層次的水準，這是令人欣喜的現象。

然而，地球村潮流與文化殖民影響，相對的，無形中也造成「文化霸權」的入侵。深具臺灣人文關懷與本土自然風

編選前言

情的優秀創作，往往因此緣故，可能出版未久，便覆沒在廣大的書海裡。

於是，為了免於有遺珠之憾，各項評選、推薦的活動順勢而起。一方面期望在茫茫書海中為讀者再次尋找優良的作品，這樣的歷程，可謂是在精華中萃取精華；另一方面也是為在地語言、本土文化、歷史傳承與深具臺灣本土意識的佳作，提供再一次聚光的舞臺。

所以，關心兒童文學出版，有其必要性的適時觀察、檢視，以期了解全面性的發展過程。綜觀兒童文學無論是常態性的出版運行，還是隱藏性的書寫變化，都是在呈現一時一地文學之菁萃，使其蓬華生輝。

筆者長期蒐羅兒童文學作家作品，輯注出版書目，曾於一九八七年及一九九八年兩度策劃兒童文學各文類階段性編選工作，並編纂二〇〇〇至二〇〇九年兒童文學年度精華選集。這些編輯工作有賴多方蒐集資料與長期關注剖析，才能徵驗文類的發展趨勢。就兒童文學小說一類之演進為例，歸納其題材走向，自寫實鄉土至奇幻異境，從孤兒自勵到頑童冒險，可見取材視野之開闊，風格也趨向多元多變。

在見證作品豐富多變之時，身為讀者固然「開卷有益」是一種幸福，然而作為評選者往往就得慎重面臨思索、分析與取捨作品，來滿足讀者及研究者。慶幸在不同時期，我們擁有願意支持這份志業的出版家，以及願意擔負這份重責的編選者，所以完成多部眾聲喧譁、質量可觀、文類殊異的兒童文學選集，持續為茁長兒童文學的枝幹，增添新葉。

九歌出版社自一九八三年設立「九歌兒童書房」（後更名為「九歌少兒書房」）書系，其文教基金會繼於一九九三年起舉辦「九歌現代兒童文學獎」（後更名為「九歌現代少兒文學獎」），不論是獎勵作家創作或是出版優秀作品，每件事都為臺灣少年小說的開展樹立典範。為服務廣大少兒讀物愛好者，特地規劃「新世紀少兒文學家」書系，以個別作家的整體作品為範疇，精選適合少年兒童閱讀的作品編輯成冊，這樣的兒童文學作家作品編選方式是前所未有的。

編選前言

在臺灣兒童文學創作領域以少兒讀物為創作主力者，在各時期都有名家傑作產生。有些職志未改，始終關注青春少年議題，為其發聲，儘管時空轉換，仍是筆耕不輟；有些志趣轉向，然而對少年兒童的精準描繪與豐富想像仍舊可觀。

這些作家對臺灣少年兒童所處的家庭、學校、社會構築的生活有其獨到的論述，成就獨樹一幟的敘事，不僅體現在地作家的人文關懷，更形成反映本土現實的珍貴資產。

本書系為本土少兒文學名家作品選集，主要提供國小高年級以上暨高中以下學子閱讀之優秀作品，所選名作都與少年讀者生活息息相關。文章以精短為主，可讀性與適讀性兼具，以期少年讀者能獨立閱讀。

走過千禧年，在第二個十年之時，希望本書系之出版能為本土少兒作家的文學成就獻上禮讚，亦為臺灣少年讀者的閱讀視野再闢風光，謹以為誌。

推薦姜子安

飽富人文關懷的書寫

姜子安從事教育工作多年，對於臺灣少年兒童的語言與形貌有精準的掌握；自《我愛綠蠵龜》一書榮獲九歌現代少兒文學獎首獎以來，對於少年小說、童話、故事、圖畫書等各種文類也不斷嘗試，創作廣泛，質量優異，是一位極為出色的兒童文學教師作家。

本輯收錄作者少年小說六篇，故事的時間背景跨越世紀交替。作者擅長以兒童的角度表現作品主題，因此作品含括的議題即便嚴肅而沉重，在作者以兒童知識與觀點為創作要領的掌控下，也能舉重若輕的深入探討，對於少兒讀者透過閱讀逐漸理解世事、增長見識相當有幫助。

〈大俠古安安〉的背景座落於臺灣南部沿海漁村，以船東之女和船長之子冒險偷渡、出海捕魚的情節為主線開展故事；一方面讓讀者體會漁家辛勞並飽覽海上風光，另一方面隨著主角歷劫返家的情節逐步推演，也讓讀者在人情世事的理解上閱歷倍增。

〈你吃過秀逗糖嗎？〉的主角是一位免疫系統失調導致皮膚潰爛的小學女童，作者利用《封神榜》裡哪吒以蓮花獲得重生的隱喻，藉由師生互動的真摯情感，為身心俱創的女童療傷癒痛；而〈等待一朵花的開放〉則是關注發展遲緩的白化症小學男童，以曇花色白遲開的特徵，講述友善的教育環境對大器晚成者（late bloomer）的重要；這兩篇以校園為背景的作品都很明顯看到作者對特殊兒童的關懷。

此外，在本書中也可以看到作者對生命的初始與終了的真摯關切：〈天使情緣〉以天使降生的角度切入一位母親在產後遭遇新生兒早夭的內心痛苦；〈阿嬤的廚房〉以孫輩隨侍在側的觀察，細寫祖母臨老在婆媳關係角力、家庭權力分配與癌症身心折磨的種種變化。然而作者並不侷限於揭露祕辛的家族書寫，在〈彩虹橋〉一篇，藉描述臺灣原住民與日本警員通婚之後，家族因霧社事件被迫分離一甲子的裂痕與失憶，更展現以家族和解彌合歷史創傷的寫作意圖，值得少兒讀者細細體會。

姜子安在《我愛綠蠵龜》一書裡，將個性退縮、不善交際的少年與滯留在沙灘上的小綠蠵龜作比喻，「等待著正確的光源，指引他回到屬於他的大海去」；而作者飽富人文關懷的書寫熠熠生輝，也就像是一簇不滅的光源，為無數弱勢少兒讀者引路，讓他們找到心靈最安穩的歸屬。

林文寶

與小讀者談心

種子在發芽

從前從前，有一個怕冷的小女生卻偏偏出生在風很大的新竹，所以從小她就常生病。小女生的家族原本複姓「范姜」（在桃園縣新屋鄉可以找到很多這種人喔），但是她的爸爸想，女生遲早都要嫁出去，冠上夫姓以後，豈不是變成三個姓了嗎？所以就「大義滅親」的把女兒的第二個姓給去除了。

小女生讀小學三年級時，被一個叫「陳定國」的漫畫家教美術課，陳老師好厲害啊！他上課時只花一點點時間引導，就可以讓許多小朋友畫出令人驚喜的作品，下課時，小女生會好奇的站在老師的辦公桌前，看他畫畫編故事。不久之後，小鎮的書局就可以買到老師在課餘創作的《臺灣民間趣味故事》、《中國民間趣味故事》……，每一本故事書都讓她看得哈哈大笑。雖然一個學期之後，漫畫家老師就退休了，但是小女生永遠忘不了那個會創作趣味故事的老師。

小女生讀國中時，遇到一個很認真的林秀瓊老師，老師不但要學生背《國語日報》的「方向」專欄，自己也常以「泠遙」的筆名在報上發表小品文，畢業前，作家老師說：「畢業後誰來我家玩，我就送她我出版的新書。」小女生考運不錯，是班上考上新竹師專的三人之一，於是就很勇敢的去找老師，果然得到老師親筆的贈書，那時小女生羨慕的想：「當作家真好！」

小女生讀到了師專三年級，遇到的美術老師是詩人席慕蓉，據說老師一直以來都是教美勞科學生油畫課，那回是第一次到普通科上美術課，所以她用最浪漫的方式教學：秋天時，帶大家去客雅溪畔欣賞芒花；冬天時帶學生去尋訪茶花；春天時，建議學生躺在偌大的操場草坪體驗雲彩的變化。但是到了夏天，每個學生必須交出一本自己創作的詩畫集，裡面要有多首自己創作的詩，再配上自己畫的針筆畫。剛開始大家都認為時間很多，不必急著創作，但轉眼就到了六月，大家都緊張起來，紛紛卯起勁，日也畫，夜也畫，交作業的時間愈逼近，大家就愈賣力，甚至晚上還像衛兵站崗般的輪流叫喚起床趕工。

小女生天性糊塗，做事拖拉，眼看同學們一個個宣告完工，她卻完成不到一半。在最後期限那幾天，靈感終於來了，她開始日夜趕工的寫詩、畫畫，累得天昏地暗，不僅跑錯寢室，睡錯別人的床，也誤用了別人的盥洗用具，到了交稿期限的前一天中午，同學們都趴在桌上午睡了，只有小女生還在埋頭苦寫苦畫，陪伴她的，只有桌上一杯潤喉的開水，和一瓶沾筆的墨水，小女生畫得揮汗如雨，口乾舌燥，抓起手邊的開水就往嘴裡灌。

咦？味道怎麼怪得出奇？

「嘰——」窗外的蟬兒笑得花枝亂顫，小女生手裡握的竟然是黑壓壓的墨水瓶。

自從喝了「一肚子墨水」的那刻起，小女生體內的「種子」就發芽了，她開始喜歡在日記本上塗塗寫寫抒發心情，就像曾經教過她的老師們那樣開心寫字。

後來，小女生長成一個大女生，也變成了一個老師，還生了一個小小女生和小小男生。但是小小女生、小小男生和大女生小時候一樣，又怕冷又常生病，大女生幾乎每個星期都要帶他們去拜訪醫生，在醫生那兒看到好多生病的孩子，她都會覺得好難過，真希望全天下的孩子都能健康平安長大。過了好多年，小小女生和小小男生長大了，身體健康多了，大女生終於有了自己的時間去照顧自己體內發芽多年的「字種子」，它們很快的長成了大樹，還開花結果呢！

這些結成的果實爭先恐後從大女生的電腦裡飄出來，它們很懂事，自動排列成一篇篇的故事，出現在人們面前。大女生非常想念從一出生就失去的東西，所以她把被爸爸丟掉的第二個姓撿回來，再用她最大的祝福：「願天下孩『子』都平『安』長大。」合成了一個新的名字，發表了許多故事，這一篇便是其中之一喔。

大女生好希望，她也可以跟教過她的老師們一樣，在孩子心中，投下一顆寫作的種子。雖然，你可能沒見過這個大女生，也沒上過她的課，但是，當你手上翻著這本書時，你的心中可能已經有一顆種子在發芽了喔。
請好好照顧你那顆已經發芽的種子唷！

姜子安
二〇一一年三月二十四日

1

大俠古安安

1

放學回到醫院，老爸竟然不在。

「到『旺海一號』作最後檢查，後天就要出海了。」媽媽躺在病床上無奈的張著眼，卻仍然望不見天花板。

我跑到碼頭，遠遠看到一艘艘的漁船泊在岸邊，隨著潮水的一漲一落，像一座座搖晃的水上城堡。城堡裡進進出出的船員，抬拉著工具用品，大家都在為一個美麗的夢想忙碌。

碼頭的氣氛顯得十分詭異，在忙碌的表面下，藏著一絲絲的緊張不安，還有一點點的興奮。這場黑鮪魚的比賽，真是人人有機會，個個沒把握。那條將第一尾被送回漁港的鮪魚，此時在大海的哪個角落悠游呢？

「阿靖！」一個黝黑的矮胖的男人站在「財盛一號」的甲板上對我招手，是跳槽不久的阿峰叔。

「阿峰叔！」我對著「財盛一號」跑去，「你也要去捕鮪魚賺獎金？」

「那當然。」阿峰叔神采飛揚的點頭，「你看這些船，大家都準備好了，後天早上大鑼一敲響，就出港。」

順著阿峰叔的手，我看到岸邊新搭的木頭平臺，臺上張燈結綵，掛滿紅色的綵球，綵球下面的流蘇和海風大打出手，纏成一團。

「希望你能賺到獎金。」我說。

「你要事先掛好鞭炮，等我的船一進港，就趕快放鞭炮迎接阿峰叔。」

「好！沒問題。」

阿峰叔的笑容忽然停頓下來。「你忘了我已經換老闆，現在和你爸沒在同一艘船工作。我若賺得了獎金，你爸不就落空了？」

是呵！我怎麼一時衝動，忘了把最好的祝福留給老爸？

阿峰叔看我發楞的樣子，仰天大笑。「傻小子，如果說鏢旗魚，阿峰叔還有兩把刷子。若比起捕鮪魚，阿峰叔哪裡是你爸的對手呢？你來找發哥嗎？他和古老闆在船艙裡頭清點物品。快去吧！」阿峰叔指著停在不遠處的「旺海一號」。

柴油與魚腥混雜的味道，在碼頭瀰漫著，雖然我已經聞了十一年這種氣味，卻永遠覺得反胃。

走進「旺海一號」船艙，我看到老爸和古爸、東伯在談話，幾個船員忙著搬運漁具，古安安頂欣賞的昆明叔正在堆疊罐頭和飲用水，他接替阿峰叔的工作，負責餵飽「旺海一號」全體海員的肚子。

「放學啦！」老爸望了我一眼。

「媽說你後天就要出港了。」

「嗯！」爸爸的手輕放在我肩上，「我不在的時候，你有空要去醫院陪媽媽，也要聽阿公阿嬤的話，不要欺負妹妹。」

我點頭。「你這次要出去多久？」

「運氣好的話一個星期，最慢一個月之內一定回來。」

「發仔，你若捕到第一條黑鮪魚，立刻通知我，別人如果還沒有捕到鮪魚，你就趕快回航，領第一名的獎金，如果別人比我們先捕到黑鮪魚，那就算了，慢慢捕，冰庫裝得差不多再回來。大嫂和阿靖我會幫忙照顧。」古爸說。

「麻煩你了。」老爸點頭。

「一起長大的兄弟，還客套什麼？我也靠你賺錢吃飯。」古爸拍了一下老爸的肩膀，接著對大家招手，「來！大家休息一下，我有話說。」

大家放下工作，圍到古爸跟前。

古爸大聲說：「現在，我要宣布一件事。」

「什麼事？神祕兮兮的。」幾個船員圍住了古爸。

「這次大家出海，眼睛要亮，手腳要快，如果『旺海一號』有幸捕到了今年的第一條黑鮪魚，獎金就由船上的人來平分，船長、輪機長、船員……人人有份。也請大家回去告訴左鄰右舍的同事，只要跟著『旺海漁業』的船出海作業的人，不論工作年資，人人都有獎金拿。公司賺得名聲就好，不但不和大家分獎金，同時還提供和漁會一樣的獎金給大家。也就是說，只要大家有本事抓回第一條黑鮪魚，不但可以得到漁會的一百萬獎金，我同時也拿出一百萬來獎賞大家。」

霎時，船艙裡響起如雷的掌聲。古爸的話，像一根火炬，迅速點亮了大家疲憊的臉龐。

下午掃完廁所以後，我和古安安照例趴在三樓女兒牆上，眺望著校園外頭的街道。

今天的街道似乎特別忙碌，貨車、汽車、機車、腳踏車川流不息，幾乎每一部車子駛過，就會撼動路邊插著的旗桿，把粉紅色的鮪魚季旗幟一路掀動，旗子上頭的藍色鮪魚圖案，也就接力棒似的，搖頭擺臀跟著車子往遠處游去。

「明天清晨五點，我爸就要出港了。」我說，「希望皇天不負苦心人，讓我爸能抓到滿船的黑鮪魚，賺很多錢。」我合掌朝天拜了拜。

「你們家要買新房子嗎？」古安安望向我。

我搖頭，帶著一點渺茫的希望說：「如果我爸有了錢，就可以帶我媽去臺北看眼科醫生。」

古安安建議：「而且，你應該要請律師控告替你媽開刀的醫生。」

「打官司？」我猶豫了，「我爸說那要很多很多錢呢！」

「一個切除肌瘤的手術，竟然會讓你媽休克失明，爛醫生！」古安安不平的叫，「花再多錢都要告他！」

「告醫生？說得容易，你借我錢？」我朝著古安安這個富家女翻白眼。

「我現在沒錢可以借你。」古安安像洩了氣的皮球，卻又馬上又恢復了信心，「不過我可以幫你賺錢。」

「怎麼幫？」

「買樂透？」古安安想出了妙點子。

「不要。我爸每期都買，從來沒中過。」

「我爸也是。」

「大老闆也會買樂透？」我驚訝極了。

「沒什麼，大人都是貪心的，錢永遠不嫌多。」

這時，昨天傍晚古爸在「旺海一號」船艙裡頭意氣風發的一場演說，又映入我的眼簾。

「其實，我覺得你爸人很不錯。」

「怎麼說？」

「昨天他在我爸船上宣布，只要『旺海漁業』的船捕到第一條黑鮪魚，在船上作業的人都可以分到獎金。公司不但不和船員瓜分漁會的獎金，另外還提供一百萬獎勵大家。」

「真的？在船上的人都可以分到獎金？」

「說謊的人是小狗。」我堅定的回答，「我親耳聽到你爸說的。」

「太好了。咱們也去抓黑鮪魚。」古安安的眼睛發射出黃金般的光芒，閃閃發亮。

太陽踩著疲憊的腳步緩緩下班。

老爸的出港準備作業終於全部完成，在街燈亮起的那一刻，我坐著老爸的貨車來到超市前面。

「一起進去選些喜歡吃的東西？」老爸徵詢我。

上了一天課，放學後又在船上幫忙，已經累癱了。我搖頭。

「好吧！我自己去買，你在車上等，別亂跑。」

超市旁邊是一家道館，古安安的跆拳道就是在這兒學的。道館裡頭一個個穿著道服的徒弟，赤手空拳排著隊，對準教練手中的目標物練習旋轉側踢。裡面那一排的徒弟踢的是布質座墊，外面那一排踢的是塊木板。顯然的，裡面是菜鳥，外面的徒弟已經有點底子了。晉升黑帶成功的古安安，應該有本事把木板踢破吧！我想。

我趴在車窗上，一邊看著超市叮叮咚咚響個不停的大門，一邊望著道館裡頭的練功。

超市的入口每叮咚一聲，就吞進去幾個顧客；再叮咚一聲，又會吞進幾個顧客。這使我想起大海裡的鮪魚，每張一次口，不也是吞進幾條小魚嗎？有一天，人類張開了大口，用一些餌，同樣可以輕而易舉的把鮪魚吞進自己肚子去。這就是大自然「弱肉強食」的法則吧？

古安安曾經慷慨激昂的對她爸爸說：「我以後要開一家道館教跆拳，才不要像你們這些人，只會弱肉強食，靠魚吃飯。」

可是，明天我們就要加入「弱肉強食，靠魚吃飯」的行列了，不知道古安安是不是還記得心中曾有的

萬丈豪情？

我的心裡突然有種莫名奇妙的失落感覺。好像坐電梯下樓時，身體不住地往下掉。掉。掉。

「想學跆拳？」老爸不知何時已經買好東西回到車上。

我搖搖頭。「古安安已經晉升黑帶了。她說不要浪費錢，她教我就可以了。」

「那孩子就是外表倔強，做事衝動了點，其實心地還不壞。」

爸爸發動車子，我們往回醫院的路駛去。

2

「匡！」一聲巨響，劃過漁港灰濛濛的天空。

雖然沒有親眼看到「鮪魚季」的開幕儀式，但是，憑著響亮的鑼聲，我可以想像出掛滿綵球的平臺上，那隻握著鑼槌的手，從鑼面凌空畫弧拉開的畫面，是何等的威風。

在清晨的微風傳送下，鑼聲傳得分外遠，分外迅速，餘音在空氣中迴盪、擴散……就好像平靜的湖面被投進了一個石頭，激起的漣漪慢慢往外擴散，範圍一圈比一圈寬大，波紋一圈比一圈平緩。

鑼聲過後，響起一串劈里啪啦的鞭炮聲和熱情的鼓掌聲，清冷的空氣被炒熱的同時，鞭炮的火藥味也不斷散逸，從岸邊飄進了船艙。

「旺海一號」啓動了。

船身顛啊顛，慢慢的倒退，走走停停的。原來，陸上會塞車，水上也會塞船。

這是重要時刻，我緊張得不敢張開眼睛，害怕一不小心張眼，就看到老爸站在我面前，用超級恐怖的聲音怒吼：「你這個調皮鬼，誰叫你躲在船上？自己給我游回去。」然後，像老鷹抓小雞般，一把將我扔到海裡去。

「船走得好慢。」擠成一團圓球的古安安低聲說。

我繼續閉眼，不敢出聲。

「早知道就上別艘船了，聽說『旺海六號』的船長駕船技術不錯，也許他們那艘已經開到外海了。」

這個陸上的大俠，對航海一點常識都沒有，說出來的話會叫人笑掉大牙。不過，我不敢笑。電視連續劇裡的男主角常說「小不忍則亂大謀」，我還是閉眼閉口比較安全。

「喂！你又睡著作夢啦？」古大俠一掌打在我肩上，「從沒看到比你更愛睡的人。」

「噓！小聲一點。」我把頭湊到古安安耳朵邊，低聲警告，「船太多了，大家排隊出港。忍一忍。現在被發現就完了，一定立刻被遣送回去。」

我的話讓古安安興奮起來，她用偵探一樣的口氣問：「你覺得我們躲的這個角落安全嗎？」

「當然。」我指著前方的一籮筐青菜，「躲那裡就比較危險，昆明叔中午作飯時可能會發現。」

「那——我們要什麼時候才可以現身？總不能一路躲到底吧？」

「看情形。噓——」

有腳步聲踏進艙裡來，我趕快噤口，閉起眼睛，用力把自己縮成一團，縮得愈小愈好，最好小到別人看不見。

腳步聲停在我們前面幾步距離的地方。我發現自己全身無力，連呼吸的勁兒都沒了。緊緊依在我身上的古安安也用力收縮自己，縮到渾身都在抖。

突然，一長串用力拉開膠帶的撕裂聲在我前面傳出。接著，腳步聲又響起，由大而小，由近而遠，最後一切恢復平靜。人走遠了。我偷偷撐開蓋在頭上的塑膠魚箱，看到罐頭堆上頭的啤酒紙箱被扯開，裡頭的啤酒少了兩瓶。

「剛才我好緊張，覺得自己差點就要昏倒了。」古安安的臉變成一片蒼白，「看來我們躲的這個地方挺不錯的，離那麼近都沒被發現。」

「那當然，我昨天放學後特地到船上來勘查過，發現這個角落最棒。」

「我的頭有點暈。」古安安的臉蒼白中還帶點青綠。

「你一定是累了，今天太早起床。」我說。

「不是太早起床，是一夜都沒睡。我怕一睡著就起不來，錯過開船的時間。」

「我也是，昨晚一直捏自己的手，怕自己不小心睡著了。現在好睏。」

「我也好睏。」

古安安閉起眼睛休息，不到兩秒鐘，我的眼皮再也撐不開來，一切都變得迷迷濛濛……

鋪著報紙，我和老爸在布滿灰塵的餐桌上吃火鍋。夏天吃火鍋，熱得我們渾身是汗。自從媽媽住院之後，這個家我們就很少回來，至今已快半年的時間沒有打掃了。房子的地板、桌椅……到處都是厚厚的灰塵。

電風扇不停的轉動，送來一陣一陣的涼風，也掀起滿屋子的灰塵。

在灰塵之中吃飯，老爸一點也不在乎。還仰頭把啤酒一杯一杯倒進嘴裡。

「我不在家，你就是一家之主。」一道黃色的液體由老爸的嘴角流下來，「要幫忙照顧整個家。」

「我知道。可是——」

「可是什麼？」

「我也想——」

「想什麼？有話直接說，拐彎抹角的像個大小姐似的。」

我用力吞了一下口水。「我也想去捕黑鮪魚。」

「你說什麼?」老爸的眼珠子瞪得像銅鈴一樣。

「我是說,我—要—跟—你—去—捕—鮪—魚。」我鼓起勇氣一個字一個字的講。

「不行。你年紀太小。」

「我力氣夠,而且眼睛好,可以幫你的大忙。」

「我說不行就不行。」老爸的口氣好硬。

「我就是要去。」我賭氣站起身來,朝外走,「我現在就到船上等你。」

「你要是膽敢擅自上我的船,我就把你當餌,掛在魚鉤上,丟到海裡釣鮪魚。」

我繼續往外走。老爸追過來,一把扯住我的手臂,用力一甩,我就整個人跌在地上,摔得四腳朝天,吃了滿口塵泥。

「嗚——」我傷心地哭了出來。

沒想到我好心要幫老爸,他不但不領情,還動手修理我。我愈哭愈傷心,眼淚一直流,房子變成了游泳池,池裡的淚水不斷往上漲,愈漲愈高，漫過我的腳踝，漫過我的肩膀，最後漫過了我的鼻子。可是我的淚腺卻像失控的水龍頭，怎麼樣也止不住淚水的溢出。

「救命呀！我快要淹死了。」我害怕的伸手亂抓，兩腳猛踢，想抓住援手，想把水踢退。

可是我無法如願，只好一直喊、一直抓、一直踢。

「阿靖！你醒醒！」

「阿靖！不要怕，爸爸在這裡。」

「曹海靖，別說夢話了，快醒來。」

好多隻手抓住了我，好多的人來救我。我醒了。原來又是一場噩夢。眼前站著一大票人，老爸、東伯、城叔、昆明叔，還有睡眼惺忪的古安安。

原先排列整齊的罐頭，像推倒的積木一樣，亂七八糟散布在地上。

「這是怎麼回事？」我望著眼前的衆人。

大家也都一臉的莫名奇妙。

「我才要問你，這是怎麼回事？」老爸又驚又怒。

「你做噩夢大吼大叫，又把罐頭踢倒，發出好大的聲音，不但我被吵醒，船上的人也都聽到了。」古安安低聲對我說。

「啊？完了！」我垂頭對古安安道歉，「對不起，我不是故意的。」

「算了，我自己也半暈半睡的，要不然可以及時把你叫起來。」

「把東西整理一下，然後趕快作飯，他們躲了一天肚子可能餓了。」老爸交代昆明叔。

然後，老爸又看了我和古安安一眼，滿臉嚴肅。

「你們兩個跟我過來，告訴我到底是怎麼回事？」

老爸帶頭走出船艙，我們跟在他身後來到甲板上。這時，太陽已經垂懸在西方矮矮的天空，像一個閃亮的大蛋黃漂浮在海面上，它把附近的碎浪染成了一片片軟軟的雞蛋布丁。幾艘漁船在布丁海上航行，和我們保持著一段距離。

「告訴我，上船是誰的主意？」老爸問。

「我。」古安安回答。

「跟『旺海一號』出海幹啥？」老爸睥睨著古安安。

「幫忙捕鮪魚。」

「幫忙捕鮪魚？憑你們兩個？」老爸的嘴角露出嘲笑的神情。

「沒錯。吃飯人要少，做事人要多。人多好辦事。」

「好吧！就算你們幫得上忙。告訴我，爲什麼要這樣做？」

「想要分獎金。」

老爸的眼珠子差點跳出來，好像聽到了曠世奇聞。

「你有沒有說錯？還是我聽錯了？」

「都沒有。我眞的是想要幫『海旺一號』抓到第一條黑鮪魚，然後和大家一起分漁會和我爸提供的獎金。」

「想分錢？向你爸要就有了，要多少有多少。大家都知道旺仔是漁港數一數二的有錢人。」

「他不會給我那麼多錢的。」

「哦？」老爸感興趣了，「你要錢作啥？」

「這是我的祕密。」

「祕密？」老爸轉頭望我。

「我賺錢是要給媽治眼睛的，」我對老爸猛搖頭，「古安安要錢做什麼我可不知道。」

「現在我可以幫忙工作了嗎？」古安安露出懇求的笑容。

「你得先告訴我，賺錢做什麼用途。」老爸堅持。

「我不說。」

「不說就立刻把你們送回碼頭去。」

「這樣是不公平的，你們大人都可以有自己的祕密，爲什麼我們小孩子就一定要把所有的事情都說出來？」古安安大叫。

老爸的樣子好像遇見了外星人一樣。我和妹妹海妍是從來不敢在老爸面前撒野的。

過了好久，他終於認清現實，不是每一個孩子都願意聽他的話。「好吧！我和旺仔聯絡一下，聽他怎麼說。」

天色已經全黑，漁船朝著南方前進。海風吹來，我忍不住打了個噴嚏，古安安的牙齒也咬得嘎嘎響。

夜晚的航行，還眞有點兒冷。

3

事情的發展，完全如古安安當初的預料。

爲了顧及「旺海一號」全體船員的奪獎權利，及旺海漁業的前途，古爸決定大義滅親，要「旺海一號」全速前進，不要因爲兩個意外出現的小孩而回航，平白浪費兩天來回的時間。

「旺仔既然允許你們兩個留在『旺海一號』，我也沒有話說，但是我警告你們，要乖乖聽話，不准搗蛋鬧脾氣。」老爸交代。

「是的。爸爸。」

「是的。發伯。」

老爸威風凜凜的瞪著我們。「從現在開始，要稱呼我船長。」

「是的。船長。」我和古安安一起說。

船長不放心自己的船上多了兩隻菜鳥，再三思考之後，作了個慎重的安排。

「阿明，從現在開始，這兩個菜鳥海員由你來負責訓練。除了作三餐之外，你只要顧好他們就行了，絕對不可以讓其中任何一隻飛走或掉到海裡，也要提防他們搞怪，尤其是這一隻，前科纍纍，要特別留意。」船長指著古安安。

「是的。船長。」昆明叔說。

船長是多慮了，古安安自上船之後，就一直暈暈醒醒的；尤其是確定可以留在船上，心裡不再緊張之後，情況就更糟了。

海上的天氣很好，風浪小，正適合行船，可是古安安整個人都軟趴趴的，動也不想動，彷彿一隻被扔在水鍋煮熟的蝦子。黑帶高手古大俠到了海上，就變成了名符其實「古大蝦」。

「安安一定是餓壞了，塡飽肚子就沒事啦。」

昆明叔把癱成一隻蝦子的古安安背到後艙，和大家一起蹲著吃飯。

「吃不下，有點反胃。」大蝦有氣無力的說。

「吃點東西，你一天都沒吃東西了。」船長說。

大蝦傻傻的坐在地板上。

「把這碗飯吃光，這是船長的命令。」船長說。

大蝦只好端起碗來，一口一口的扒著碗裡的飯。

「菜呢？」船長指著菜盤，「肉和青菜都要吃，不准偏食。」

大蝦只好伸手挾一口高麗菜，慢慢的往嘴裡送，當筷子將要碰到嘴脣時，一個浪來，船顛了一下，高麗菜掉到大蝦的膝蓋上。大蝦伸手一撥，菜掉到地上。

「船上的食物有限，不允許任何一個人浪費。」船長說。

大蝦只好伸手把高麗菜又挾起來，一口塞進嘴裡，嚼都沒嚼就吞下肚子去。一頓飯就在船長不斷發號施令之下結束。

可是，大蝦才站起來走沒幾步路，哇一聲就把剛才好不容易塞進去的食物全都吐出來。像流行病傳染似的，我也跟著吐了一地。

「要吐也不到遠一點的地方去吐，弄得到處髒兮兮的。曹海靖，限你半個鐘頭之內把這裡清乾淨。」自從我正式成為「旺海一號」的成員之後，船長老爸就開始連名帶姓叫我。

船長皺著眉頭到舵輪室去了。其他的人也跟著回到自己的崗位。昆明叔留下來陪我打掃，大蝦坐在走道邊，捧著昆明叔給她的水桶，不斷朝裡面進貢。

「我一定是食物中毒了，帶我去看醫生。」大蝦的聲音像貓咪一樣微弱。

「茫茫大海哪來的醫生？大部分的人剛上船都會這樣，過兩天就適應了。」昆明叔拍拍大蝦的肩膀。

大蝦賴在地板上不肯起來，一直吐，到最後，胃裡沒有東西，連膽汁都吐出來了。這時候，我也疲乏了，昆明叔帶我們去睡覺。

第一次在海上過夜感覺很奇怪，整個人好像一顆球似的，一會兒被拋起，一會兒落下，有時候滾過來，有時候滾過去。海浪像一個頑皮的大巨人，把我們當寵物一樣戲耍。

古安安一直緊閉著眼睛，側躺弓得像一隻熟蝦。我被海浪玩累了，最後怎麼睡著都不知道。

彷彿才過一眨眼的時間，我睜開眼睛，窗外漆黑的天色不知何時已經變成寶藍，又由寶藍慢慢變灰、變淡。

天亮了。我起身走出船艙，風浪似乎平靜了一些，走起路來不像昨天那樣天旋地轉，一會兒撞到牆，一會兒碰到門。

船長站在甲板上，雙手抱胸，像個帶兵出征的大將軍，正專心眺望前方敵情。

「今天要開始釣鮪魚了嗎？」我走到船長身邊。

「看情形，應該還沒這麼快。」船長的目光繼續掃射著海平面，「海況不錯，這趟出來應該會豐收。」

「古安安呢？」船長問。

「還在睡。」我怕船長不高興，「昨晚吐慘了，連膽汁都吐出來。」

「正常的，過兩天就沒事。」船長走回舵輪室前回過頭來，對我說，「去叫她起床，『旺海一號』是不載懶人的。」

吃過早飯，我的精神恢復了，體力也充足。跟著昆明叔在甲板、船艙之間穿梭，如果不作飯的時候，昆明叔就會拿著望遠鏡眺望遠方的海平面，有時，飛魚或是海豚在漁船附近出現，昆明叔會趁著船長不注意的時候，偷偷拿出相機，為那些愛現的傢伙們拍照。

城叔是個高瘦黝黑的漁夫，他的話很少，總是安靜的站在尖尖的船頭搜尋獵物；而年紀比老爸還大的東伯，長得有點矮有點胖，他總在機艙為機器上過油後，就把城叔叫到甲板上，陪他殺一盤棋。

古安安一整天還是被逼著吃三餐，然後再用分期付款的方式吐出來，不過她有進步了，地板不再遭殃。昨晚昆明叔給她的水桶，被她視為珍寶，寸步不離的帶在身邊，準備隨時進貢。

下午的時候，船長把古安安的水桶拿走。「咱們『旺海一號』的水桶有正當的用途，不是裝噁心東西用的。」

古安安很快就練會憋功，能夠在最短的時間衝到船舷，把肚子裡的東西嘩啦啦回饋給大海。

這一天，我們全力趕路，朝著鮪魚的家鄉前進。一路上，也先後遇到幾艘和我們一起朝聖的船隻，大家都在大海這個運動場上賽跑。船長開起船來十分神勇，有時，在海平面的交接線上出現了黑點，他就馬上加速前進，直到那個黑點被我們趕過，並且遠遠的拋在後頭。每趕過一艘漁船，「旺海一號」就會拉響船笛，對方也會回我們幾聲船笛。嘹亮的笛聲，好像是船的對話，「旺海一號」說：「承讓了！」對方回答：「鹿死誰手還不知道哩！」

一路上，包括陳家的「洋昌號」、「盈滿號」、古爸的「旺海五號」、「旺海九號」、朱家的「財盛一號」、「財盛十五號」……都被我們趕過。

當我們在「財盛一號」旁邊疾駛而過的時候，看到一個矮胖的船員對著「旺海一號」拚命招手。

那個船員是阿峰叔，不知道他被我們趕過去的時候，心裡會不會後悔自己跳槽？

運動場上沒有永遠的贏家，在海上航行也是一樣。有時「旺海一號」也會被後面的船隻趕上，在趕過我們時，他們也會對我們拉響船笛示威，船長心情好的時候，就會還他們一聲長笛，並把速度減下來，讓他們更威風一點。

下午，有一艘船從後面追趕我們時，船長原本表現君子風度，想讓他們威風個夠，可是，當他發現來者是「財盛三號」時，就很不爽了，立刻加速前進，可惜反應還是慢了點，轉眼間，「財盛三號」就消失在前方的海平線上。

「下地獄的『三分頭』。」船長朝地板狠狠吐了一口痰。

我猜，船長一定又想起媽媽說的話了：「人家財盛三號的『三分頭』船長，已經在鎮尾買新的別墅了。你什麼時候也買別墅給我們住？」

晚餐過後，古安安還是衝動的對大海奉獻了兩次。

「我真恨不得跳進大海算了。」古安安靠在船舷說，「船長很過分，明知道我會吐出來，還硬逼我吃東西。」

「沒有吃東西哪有得吐？」昆明叔說，「如果不是船長硬逼，你恐怕現在已經被快艇送回碼頭急救去了。」

「胡說！」古安安不知打哪兒來的力氣，猛地站起來，「我可是跆拳道黑帶高手，會那麼容易被打敗嗎？」

突然，一個巨浪襲來，船身大晃，古大俠重心不穩，跌在船舷邊，又狠狠對大海進貢了。

4

吃早餐的時候，古安安不必船長瞪眼就把一碗扒光了。

「把你那些望遠鏡和相機拿出來給這隻病貓用，有事情忙她很快就會上軌道。」船長對昆明叔說。

昆明叔詫異的望著我，我把嘴巴張得老大，我比他還驚訝船長怎麼知道我們偷偷玩相機。

船長似乎並不在意我們倆的神情，用手心手背各抹了一下油膩膩的嘴脣，站起來喊著：「夥計們，今天該上工囉！」就轉身離開了。

船長果然料事如神，手上握有望遠鏡和相機的古安安，迅速恢復大俠的神采，可以上上下下、裡裡外外追著昆明叔跑了。

既然祕密被發現，而且船長好像也不反對昆明叔利用空檔拍攝一些海洋生態的相片，昆明叔也就大大方方的教古安安和我攝影的技巧。

「在海上使用相機的時候要注意浪花，只要機身被海水噴到，整部相機就毀了。」

「海水裡頭有鹽巴。」我說。

「沒錯。」

「我知道，我會小心。」

古安安拿著相機轉身就跑，卡嚓卡嚓的對著海上行進的船隻、躍起的游魚，進行攝影工作，就連「旺海一號」裡的工作人員也一個一個未經同意就被她抓進鏡頭，成了義務模特兒。古安安已經完全忘記前兩天吐得痛不欲生的慘狀了。

今天的天氣晴朗，正適合拍照，古大攝影師透過鏡頭，發現鏡頭中的模特兒比原本的眞面目還迷人，動了念頭也想爲自己拍照留念，便把相機交給我，然後，站到城叔最常站著眺望魚況的船頭上，學起鐵達尼號的女主角羅絲，張手作起迎風飛翔的動作。

「我大喊：『啊！大海！我的故鄉。』你就拍下去。」古安安說。

我比了個OK的手勢。

「啊！大海，我的故——」

突然顛起一道巨浪，船頭「啪啦！」一聲，噴進大束浪花，朝古安安背後撲打而來。古安安嚇了一跳，腳底水滑，往後摔去。

「安安——」在旁邊下棋的城叔，機警伸手一抓，把半個人已經掉到船外的古安安撈了回來，古安安一個踉蹌就跌坐一灘水裡。

卡嚓！我正好按下快門，拍下俠女獲救的驚險鏡頭。

事情來得太意外，大家都聚集過來察看情況，幸好古安安有驚無險。

「夥計們！大家各就各位，全面備戰。」船長發號。

「已經到了鮪魚區？」大俠兩眼發出久違的光芒。

「不，是麻煩大王不暈船了。」

船長指著古安安的鼻子。「你，現在，我以船長的身分命令你，絕對不准靠近船舷三步，否則，我會把你綁起來，丟到船艙去。」

「你敢？」古安安往後彈跳一步，屈膝弓步手刀，擺出備戰的姿勢。

「試試看就知道我敢不敢。」船長哼一聲，轉身往舵輪室走去。

這時，「刷！」的一聲由船下傳來，大家不約而同回頭。

只看到城叔站在古安安剛才差點出事的船頭，他的左手前彎，右手後舉，彷彿剛投出一桿破奧運紀錄的鏢槍。

「快！快！」東伯衝上前去，抓起繫在船舷的魚繩，凌空繞個結，迅速往海裡扔。一隻尖嘴張翅的旗魚就在城叔的魚鏢和東伯的魚繩套結下被捕獲了。

晚餐，我們加了一道鮮魚湯。

我舀了一大碗的魚肉，再啜一口醇美的海鮮湯。

「好吃嗎？」船長問。

「好吃。」我點頭，「每天在醫院吃便當都吃怕了。嗯！好久沒有吃到這麼美味的食物。」

「說起海鮮料理，昆明的手藝還眞不賴，不輸給峰仔。我們討海人沒有什麼值得驕傲的，唯有吃一流海鮮的口福是別人比不上的。人生有些福氣是有錢也未必享受得到。像這旗魚，半個鐘頭前還在海裡游泳，現在就到了我們碗裡，這哪是都市人比得上的？」

「說的也是，大家都託了城仔的福。今晚才有大魚吃。」東伯咬魚肉咬得嘖嘖作響。

「這附近一定還有旗魚，明天天亮我再巡巡看，如果發現的話，再去鏢幾條帶回去。」城叔說。

「好是好。不過城仔我跟你說，這次咱們出來最主要的目的是要抓鮪魚回去賺獎金的，最好集中注意力去釣鮪魚，若分心去抓別的魚，恐怕獎金會被別人搶去。」船長說。

「我知道。下午也剛好是這條笨魚自己跑來撞船，掀起波浪，讓安安差點掉下海裡，才被我發現的。」

「今天幸好城仔反應快，否則，安安若是落入海裡，恐怕就被牠吃進肚子。」

船長說著，覺得城叔功勞不小，必須好好表揚，便起身去拿了個玻璃杯，倒了八分滿的啤酒，推到古安安面前，「舉個杯向城叔答謝救命之恩，他還幫你報仇殺了旗魚。」

古安安沒有接過玻璃杯，倒是舀了一大口魚湯，對城叔舉了舉。「城叔，謝謝你救我一命。我乾杯，你隨意。」

像武俠片裡豪氣干雲的俠女，古安安一仰頭咕嚕咕嚕就喝光了碗裡的湯。

船長把古安安留下來的酒推到我面前。「喝吧！兒子。你已經長大，也該練習喝酒了。」

我搖頭。

「船長的兒子以後也要當船長。一定要比別人勇敢。來！別怕！大口喝下去。」

我猶豫著。

「連一小杯酒都怕，以後怎麼討海？」船長生氣的看著，「海不過是一大碗的酒，酒也只是一小杯的海。懂嗎？」

什麼「酒就是海，海就是酒」的歪理，我根本就聽不懂。但是船長說的那句話沒錯，「船長的兒子應該比別人勇敢。」我不敢再遲疑，像古安安喝魚湯那樣，一仰頭，咕嚕咕嚕就把杯子裡的啤酒吞進肚子裡。

哇！好苦！好苦！眞搞不懂大人爲什麼要自找苦喝。

「有氣魄！不愧是我曹阿發的兒子。」船長得意的拍著我的肩膀，好像我贏得了奧運金牌一樣榮耀。

可是，我的腦袋好像被裝置了定時炸藥，馬上就要四分五裂似的。我的腦袋一直脹，一直脹，忽然——「咚！」一聲，我的前額撞擊到地板，整個腦袋好像碎裂爲一片一片。

在我失去意識前半秒鐘，依稀聽到周遭響起一陣哈哈大笑，眼前的人影手舞足蹈，不斷晃動。

天很藍，海水更藍，天與海交接的地方是白色的流雲。

天氣極好，在陽光下，流雲和大海的交接面像把鋒利的刀刃，俐落清楚，不像大半時候的臺灣海邊，總是霧濛濛的，海連天天連海糊成一片。

寬闊的海洋像一座軟敦敦的深藍色玻璃，漁船在軟玻璃上緩緩前行，濺起牛奶白的泡沫，不斷往後飛散。漁船一直往前開路駛去，撞起的綠浪和白沫，被遠遠往後拋去。船過水無痕，慢慢的，裂開的軟玻璃又縫合在一起，漁船行過之後的海面，一切恢復了寧靜。

黑鮪魚呀！黑鮪魚，你們到底躲在哪裡？可知道我們四處尋找你的蹤跡？陣陣海風拂來，臉涼涼的，身體涼涼的，心也是涼涼的。這樣的時光，最適合捕魚。

可是，「旺海一號」已經連續行駛一段時間了，船長卻一直沒有下令展開捕鮪行動。眼看著一艘艘漁船都先後拋出延繩下了鉤，我的心好急呀！如果我們連餌都還沒拋下海，就已經聽到別人捕獲黑鮪魚的消息，不知道古安安受得了這個打擊嗎？

「我爸說『旺海一號』是最有可能奪標的船隻。」當初我們躲在船艙的時候，古安安是這麼說的。

我也一直認爲老爸是個經驗豐富，判斷力敏銳的船長，在這場比賽中得勝的機會很大，可是——看到古安安拿著望遠鏡在漁船上走來走去，不停朝海面張望，我知道她心底的焦急必定不在我之下。

昆明叔還是拿著相機站在後艙甲板上等待好鏡頭出現；城叔仍然屹立在他最喜歡的船頭角落，張著鷹眼搜尋海面獵物；東伯去檢查他的機艙；船長爬上眺望臺……大家都不說話，專心做自己的事。

我忽然有一種奇怪的感覺。

「啊！啊！啊！」我們頭上來了一群白色的海鳥，在附近的天空盤旋唱歌。

「前面有更多海鳥在天空飛翔。」古安安的望遠鏡還掛在鼻梁上，興奮得跳了起來。

「旺海一號」調整航向，朝著古安安眺望的方向前進。果然，前方海面出現一大群的海鳥凌空翻飛，牠們時高時低，一會兒點水，一會兒拉高，好像在玩著水上拖曳傘。

「有海鳥的海面就有魚。夥計們，準備拋繩下鉤。」船長一令下，大家便開始分頭行動。

終於要放長線釣大鮪魚了，我和古安安興奮得心臟怦怦跳，互相看著對方，竟然說不出一句話來。

在昆明叔的指揮之下，我們兩人合力把十大籃的魚鉤搬到甲板上，然後一個掛鉤一個掛鉤的檢查，檢查這些鉤子上頭原先掛好的小卷餌，是不是牢靠？

是不是大得足以引誘黑鮪魚來吃？

「這些餌是請你阿公阿嬤幫忙掛的。」昆明叔對我說，「老人家眼睛不好，不知道餌掛得牢不牢，你們先一串串檢查過，沒問題再傳給城叔綁接起來。」

船長不放心，也跑過來叮嚀。「下水前要再檢查一次延繩和釣鉤的力量夠不夠，還有，要捕大魚就不能小氣，餌掛豐富一些，黑鮪魚很快就會上鉤了。」

船長和東伯、城叔是老夥伴，在海上合作延繩釣許多年，默契夠，很快的就分工合作動了起來。城叔把十籃延繩綁接成一長條，並在適當長度的地方繫上浮標，東伯負責拋繩下鉤，船長順著東伯放繩的速度開船。船一路開，延繩一路放。當最後一個魚鉤都順利下了海之後，赤燄燄的太陽已經把大家晒得渾身又紅又痛了。

漁船走過的海面，一顆顆彩色浮標球綿延好幾公里，十分壯觀。浮球的下面，懸著我們一大串的美麗夢想。

大功告成，望著海面，我們都開心的笑了。

「和漁會聯絡過沒有?」東伯突然問。

「半個鐘頭前聯絡過了,至今沒有消息傳出。」船長說。

「沒有消息就是最好的消息。」古安安大叫,「這表示大家都還有希望。」

是呀!搞不好今年鮪魚季的第一條鮪魚已經全速前進,要來吃我們的餌哩!

船上的人又再一次笑開,連始終不給古安安好臉色看的船長,也忍不住咧嘴笑了。

「現在,我們只剩下一件事要做。」船長說。

「啊?」古安安臉色大變,「我都快熱死了,還要做什麼事?」

「耐心的在船上等待鮪魚上鉤。」船長狡黠的眨了一眼。

5

一天又快結束了。

夕陽喝醉了酒，紅著一張大臉在碼頭的天空微笑，我踩著滿地的黃金碎片回到了醫院。

打開病房的門，看到的是一個滿頭白髮的老婆婆。

「老婆婆，您怎麼——躺在我媽的床上？我媽呢？」

老婆婆循著聲音慢慢轉頭，對著我說：

「阿靖，你是去哪兒了？我在醫院等你等得好苦，看！我的頭髮都等白了。」

啊？眼前這個滿頭白髮，滿臉皺紋如魚網的老婆婆，竟然是我的媽媽？

「媽——，你怎麼變成這個樣子？」我撲上前去，抱著媽媽，忍不住放聲大哭。

「曹海靖，你醒醒。」一隻瘦而有力的手，不斷拍打著我的臉頰，「趕快起來，發生大事了。」

是古安安的聲音，我張開聲音，原來又是一場夢。我們還在「旺海一號」

上等著鮪魚上鉤。

「哎！你這個人怎麼搞的，老是一有空就睡覺，一睡著就說夢話。」古安安焦急的瞪著我。

「鮪魚上鉤了是不是？」我精神一振，馬上彈跳起來。

「不是。」古安安神色慌張的說，「船長還沒下令起繩。」

「那你急什麼？好睏，我要再睡。」

我還沒倒下，就被古安安拉扯到窗邊。

「你看，前面有什麼？」古安安把望遠鏡遞給我。

我調整焦距，在鏡頭中巡了前方海面一趟。

「海水和天空。」我說。

「再看仔細一點。右邊那裡，有沒有看到兩艘船？」

我仔細再看，的確有兩艘船靠在一起。

「哎呀！發生『船禍』了。海那麼大，到處都可以走，爲什麼硬要撞在一起？」我說。

「怎麼辦？船相撞可能會破洞沉船。我們報告船長去。」古安安的聲音還在船艙裡，人卻已經跑得不見影子了。

等我跑出艙外時，大夥兒都已經在甲板上集合完畢。揚繩機也已經伸出巨大的手臂，準備釣起海裡上鉤的鮪魚了。可是，大家的臉色不對。

「把船往前再開近一點。」船長握著望遠鏡，對東伯下令。

東伯把船慢慢往前，船長爬上瞭望臺，用望遠鏡專心的朝著發生「船禍」的方向望去。

「好——，停——船停這裡就可以了。」船長站在瞭望臺上大喊。

船停止前進。大家屏氣凝神仰望著瞭望臺上的船長。

空氣似乎凝結了。沒有一個人開口說話，連呼吸的聲音都聽不見。

船長終於爬下階梯，把望遠鏡還給古安安，沉重的說：「不是漁船相撞，應該是漁船遇到了海盜，我看到船上有人急急忙忙在搬東西。」

「啊？」大家都呆了。

「看得清楚是哪一國的漁船嗎？是不是臺灣籍漁船被搶？」一向沉默的昆明叔帶頭問。

「是『財盛三號』。」

「嘎？」大家又呆了一次。

「你怎麼知道另一艘船是海盜船？」昆明叔今天眞是奇怪，問題特多。

「沒有國籍標示的鐵殼船。不是海盜是啥？」船長掩不住得意的語氣，「船跑久了憑經驗就可以得到很多書上沒有的知識。」

「我們現在就去救他們。」說話的人正是最常路見不平的大俠古安安。

「這——」船長望著大家，徵詢大家的意見。

東伯搖頭。「我們不是要開始起釣鮪魚了嗎？」

城叔望了一眼浮浮沉沉動個不停的浮球，跟著東伯搖頭。「看樣子已經有不少鮪魚上鉤了，我們離開這裡，萬一別的漁船來偷捕，咱們不是前功盡棄了嗎？」

船長望向昆明叔，昆明叔是「旺海一號」的新夥伴，不敢表示意見，不過我在他眼裡看到了躍躍欲試的神情。

城叔的顧慮不是沒有道理的。鮪魚如果被偷捕，那麼我們的高額獎金不就飛了？媽媽的眼睛怎麼辦？更何況被海盜洗劫的，正是令人討厭的「三分頭」。

「事關大家的權利和安全，我們表決一下好了。」船長說，「認爲要去救『財盛三號』的站我右手邊，不贊成的站左邊。」

東伯、城叔和我都站在船長左邊，古安安和昆明叔站右邊。

「三比二。」船長皺起眉頭，「曹海靖，你是小孩，不算。」

「古安安也是小孩。」我不服。

「對呀！小孩也是人，爲什麼投票的時候就不能算數？」古安安抗議。

「既然這樣，」船長猶豫了一會兒，往右跨一大步，站到古安安身邊，「我也算一票。」

三比三。我和東伯、城叔傻了眼。

「這可怎麼辦？我們到底救不救人？」古安安急得大叫。

老爸說得對，這個古安安心地不錯，就是做事莽撞了一點，急著去救人，卻忘了我們此次出海的最終目的。

「古安安，你忘了要賺獎金嗎？」我急得對她大叫。

「獎金以後再賺就有了。曹海靖，你忘了當一個俠客是不能見死不救的，趕快站過來我這邊。救人要緊，錢的事以後再說。」

大家僵持著。

「如果古老闆在這裡就好了，船是他的。」昆明叔突然說。

城叔點頭贊同。「我們只是夥計，完全聽老闆的指示做事。」

東伯也贊成昆明叔的話。「沒有老闆的指示，誰敢做額外的事？」

古安安突然往前大踏一步，站在大家的前面。

「現在我以『旺海漁業』的老闆身分宣布，立刻去搭救『財盛三號』。」

「這——」大家面面相覷。

還是船長的反應最快。「是的，老闆。」

船長大聲回應之後，立即用絕對威嚴的聲音對著我和古安安說，「現在我以『旺海一號』的船長身分宣布，未成年的船員必須立刻躲到船艙裡去，沒有得到我的指示，不准到甲板上來。」

「旺海一號」火速朝著「財盛三號」前進，城叔握著魚鏢，東伯手持殺魚長刀，昆明叔抓著木棍，船長的旁邊放了兩隻魚叉，一場海上喋血戰就要上演了。

阿彌陀佛！佛祖顯靈！媽祖保佑！如果這次我能逃過一劫，平安回家的話，一定要用功讀書，絕不隨便偷懶發脾氣。

「伊歪！」艙門突然打開，嚇得我從地板上跳起來。還好！是昆明叔進來，不是海盜。

「安安，我知道你是個勇敢的女生，但是萬一發生打鬥，一定要記得保護自己的安全，不要跑出來。」昆明叔說著把相機掛在古安安脖子上，「我裝上了望遠鏡頭，等我們靠近『財盛三號』，無論有沒有發生什麼事，你都要朝那兩條船多拍一點，機會難得，也許會抓到歷史鏡頭。」

「沒問題，我會把海盜船『全都錄』。」古安安說。

「旺海一號」距離「財盛三號」愈來愈近了，我緊張得快要不能呼吸了。古安安卻卡嚓卡嚓對著海盜船照個不停。

就在我們距離「財盛三號」幾十公尺的時候，怪事發生了。

海盜船竟然匆匆掉頭離開。

是作賊心虛，怕被我們逮捕嗎？我突然渾身充滿了力氣，對自己也有了信心。

「快照！快照！」我對古安安大叫，「把海盜照起來，不要讓他們逃了。」

海盜船一溜煙就逃得無影無蹤。

我立刻衝出船艙察看情形。甲板上的勇士們全都鬆了口氣，放下手中的武器。

「喂！你們被海盜洗劫了嗎？有沒有人受傷？」船長用無線電對著「財盛三號」大喊。

「小意外，輕微的擦撞。」對方也大喊。

「要不要緊？需要幫忙嗎？」

「沒事。謝謝啦！我們要去找地方下鉤了，捕魚要緊。」

「財盛三號」走了。

幸好只是虛驚一場。「旺海一號」也加緊速度趕回下餌的地方，船長宣布即刻開始起繩捕大鮪魚了。

哇！「旺海一號」此行真是超級大豐收。一條、二條、三條……揚繩機的滑輪一收繩，一條條比成人還高、還重的大鮪魚就由海裡被垂直吊上了半空中，船長站在船沿，把短魚叉打在魚背卡住，右手持叉，左手抓魚鰭，兩手使勁一拉，大鮪魚就進入漁船上空，我再把滑輪的繩子往回放，鮪魚就跌躺在甲板上了。大鮪魚非常的漂亮，牠的背部像大海一樣深藍，兩側是銀灰色，再下去的肚子部分是白色，側躺在甲板上的大鮪魚像是一艘刻成的獨木舟，等著下水去探險。

接著，是城叔的拿手戲，他用迅雷不及掩耳的速度使出打魚棍法，在黑鮪魚還沒看清楚這個世界之前，就直接讓牠上了天堂。東伯和昆明叔負責把鮪魚運到魚艙堆疊整齊，並用超低溫處理。

爲了保持魚的鮮度，一條魚處理完畢，揚繩機才繼續吊起另一條魚。古安安和我負責收拾揚繩機拉回的繩子，及整理餌被吃光的魚鉤。鮪魚也是聰明的動物，並不是我們掛在鉤上的每一個餌，都可以換來一條大魚。

剛開始我們都忙得非常興奮，也忙得不可開交。可是，隨著魚艙的飽滿，我們的力氣愈來愈不濟，興奮程度慢慢的下降，動作也愈來愈遲緩。

大家都已經做得腰痠背痛腿痲手軟了。

「眞希望魚鉤裡的餌被吃光了。」揚繩機每一起動，古安安就開始祈禱。可是，她的祈禱總是不靈，一條條大鮪魚依然排隊等著上船。

太陽落入西邊的海面了。點著燈，我們繼續挑燈夜戰。

在東方天際由墨轉灰的那一刻，最後一條黑鮪魚終於被送進了魚艙。大家都快累斃了，我和古安安連早飯都沒吃，倒頭就睡。

6

船艙裡一片靜寂。

我醒來，發現大家都還在睡，老爸一人在舵輪室裡。我進去坐在他旁邊。

「又作惡夢醒來？」老爸問。

「沒有。」我搖頭，「口乾，起來喝水。」

「這半年來你常作惡夢。」老爸說，「媽媽住院，給你很大的壓力？」

是嗎？我心裡訝異極了。外表粗獷的老爸，竟然心細如髮。

「這一趟漁獲可觀，今年的黑鮪魚價錢應該不錯，忙完這鮪魚季後，我打算帶你媽去臺北徹底檢查。」

我突然想起一件最重要的事。一忙，大家都忘了這件大事。

「漁會有沒有消息傳來？」

「聯絡過了，洋昌漁業的『盈滿號』比我們早一步捕到鮪魚，後來，有七八艘漁船在我們之前回航。現在，他們正在拚速度趕路。」

「唉！獎金飛了。」我極洩氣。

「傻孩子，我們滿船艙的鮪魚，賺的錢不會比第一名的漁船少。」

我想起了出港前兩天，古爸在「旺海一號」上的交代。「發仔，你若捕到第一條黑鮪魚，立刻通知我，別人如果還沒有捕到鮪魚，你就趕快回航，領第一名的獎金。如果別人比我們先捕到黑鮪魚，那就沒關係了，慢慢捕，冰庫裝得差不多再回來。」

「你什麼時候知道洋昌漁業的『盈滿號』已經抓到黑鮪魚？」我問。

「去搭救『財盛三號』回來的路上。」

「早知道不要去救那個『三分頭』，現在獎金就是我們的了。」

老爸笑了。「別這麼小器，人命關天。」

「可是——」

我的話說到一半，一個大浪突然襲來，船身猛地晃了一下，還沒恢復平穩，又襲來一陣陣的大浪。接著，好像是有人在天上大掃除，對著海面不停的潑下大雨。

濃雲蔽日，天色轉暗，大風一陣陣襲來。

「糟糕！變天了，風浪也轉向。」

老爸忙著轉正輪舵，迎向大浪。不規律的浪花一波一波朝著漁船打來，「旺海一號」和風浪似乎面對面進行著肉搏戰，浪來，把漁船墊高，像是要把我們扔進天幕；浪去，漁船又跌回波谷裡，劇烈的震盪，好似大家都快要被投進海底深處。浪來浪去，一起一伏之間，「旺海一號」往前跨進了好幾步。可是，卻離我們回家的路愈走愈遠。

「爲什麼要轉向航行？這樣會偏離我們回家的路。」我不解。

「這陣風浪太強了。」老爸驕傲的說，「每一個偉大的船長都知道，側身迴避大浪，遲早會翻船；只有迎向大浪，才能在海上生存。」

老爸的話雖然說得輕鬆，臉上的肌肉卻繃得緊緊的，兩眼直視驚濤裂岸的海面。

海浪一直加強，分不清是雨水或是浪花不斷濺入船頭。船身在風浪中顛顛搖搖，我雙手抓著窗臺仍然站不穩，不時踉蹌撞到老爸身上。

「看樣子這風浪一時還不會過去。快！去把安安叫起來，你們兩個穿上救生衣，萬一遇到什麼狀況有個準備。」

我轉身正要回船艙，發現古安安已經醒來，走到了舵輪室。

「哈！我們總算遇到大風浪了，是嗎？」古安安興奮的問。

「聽你的語氣，好像你期待風浪已久的樣子。」老爸瞅著古安安。

「那當然。沒有經過一番大風浪，怎麼像是航海呢？」古安安志得意滿的往舵輪走去，卻不料船頭突然轉個大彎，船身強烈搖晃，古安安整個人撲到老爸的身上，手臂也撞到了舵輪。

「哎喲！疼死人了。」古安安大叫，撫著自己的手臂看傷口。

「古大小姐，在海上航行隨時會有意外，你要時時提高警覺，不能大意。」老爸告誡。

「知道了。發伯。」

「在踏上陸地之前，請叫我『船長』，我再說一次，在『旺海一號』船上的所有人事物都要服從我的命令。」

「是的。船長。」我和古安安立正，對著船長行舉手禮。

「現在我命令你們兩個穿好救生衣，乖乖坐在船艙裡，不要到處亂跑，以免大浪一來摔到海裡去。」

「可是——」古安安瞟著甲板，東伯、城叔、昆明叔都在風雨中忙著搶救釣鮪器具。

「可是什麼？」

「大家都在同一條船上，應該有福同享，有難同當。不是嗎？」

「文謅謅說了半天，你到底是要告訴我什麼？」船長不耐煩的說。

眞是秀才遇到兵！古安安只好吞了一下口水，「我是想說——」

「說什麼？」

古安安再吞下口水，一鼓作氣，「我們可不可以到甲板上幫忙搬東西，事情做完再回船艙去。」

「你覺得自己有這個能耐在風雨中工作不會發生危險嗎？」

「當然——哎喲！」

天底下就是有這麼巧的事情，一個風浪打來，船身劇烈晃動，古安安撞到我身上，我一個重心不穩，兩人同時跌坐在地板上。

「起來吧！照我的話去做，回到船艙乖乖坐好就算是幫我一個大忙了。」船長望著前方海面，斬釘截鐵的說。

「好吧！」古安安認清事實，不再囉嗦。

我們兩個跌跌撞撞回到艙裡，啥事都不能做，只好一招一招復習跆拳道的功夫了。

古安安只要一練起拳腳，就完全進入忘我的境界。自古嚴師出高徒，在她緊迫盯人的教練之下，短短幾個鐘頭，我的功夫竟然大有進境。不但腳踢得比自己頭頂還高，就是雙拳揮出，也彷彿能夠擊出一股流風。

海風很大，但我們還是練武練出一身熱汗。直到體內最後一絲力氣用盡，古安安才饒了我這個小徒弟，准我到周公家喝個下午茶。

一覺醒來，風雨已經過去。

天晴了，月亮高高掛在靛藍色的天空。

海上生明月。想到就快要下船回家，大夥兒的心情都像銀白色的月光一樣明亮。

漁船回到原本的行進方向，繼續航行。

遠處海面上隱隱浮現小島的影像，那是臺灣。我們居住的地方。

一群海鳥繞著「旺海一號」飛翔，好像歡迎我們回港，又好像知道我們這次出海大豐收，想要來分一杯羹。

遠處模糊的影像變大、變清楚了。

在漫天價響的鞭炮聲中，「旺海一號」終於回到了思念的港灣。

漁港碼頭擠滿等待的人群。漁會的人、漁船公司的人、親戚朋友鄰居……大家都來了。

城叔剛把「旺海一號」的船纜套上碼頭的鐵柱，一個穿著高跟鞋的女人，就像瘋子一樣衝上船來。

「安安——」她把古安安一把抱在懷裡，忍不住痛哭失聲。

是古媽。她瘦了，一臉憔悴，可是心裡很高興，摸著古安安的臉，一邊掉淚，一邊笑。「寶貝，你怎麼黑成這個模樣？都晒得脫皮了。」

「在船上工作好辛苦。每天日晒雨淋當然會變黑。」古安安轉頭看著自己的手臂。

「你這個不知天高地厚的小鬼，活該受一點罪。以後才會乖一點。」古爸也上船來了。身爲一個漁船企業家，他用最鎮定的聲音對老爸說：「曹船長，古安安這一趟謝謝您的教訓。」

「小意思！」老爸對古爸眨了一下眼睛，接著伸手拍拍古爸的肩膀，「沒有搶得頭香，很抱歉！」

「平安回來就好。明年還有機會。」古爸也回拍老爸一下，「我們先卸漁獲，晚上給你們洗塵。」

在大家的期待聲中，東伯打開了魚艙大門，等在碼頭上的扛魚工人一湧而上，肥大冰凍的黑鮪魚就這樣一尾尾被扛下「旺海一號」，擺在漁市的地上，等待隨後即將進行的拍賣會。

數十條鮪魚都已經被凍成一根根硬梆梆的大冰塊，乖乖躺在地上排成兩大列，大魚身上撒滿雪白的冰塊，遠望過去就好像一群蓋著白棉被沉睡的魚兒。

老爸目不轉睛的欣賞著地上的鮪魚，一條一條逐步走，逐步看，來來回回繞著地上的魚，一趟又一趟。他臉上的神情顯得如此滿足如此陶醉，眞令人不敢相信眼前這個一臉滿足的男人，在海上卻是一個嚴肅專制的船長。

晚上七點，古爸在餐廳大宴賓客。被邀請的人很多，除了「旺海一號」的工作人員之外，還有旺海漁業的員工眷屬、漁會的工作人員……餐廳擠得水洩不通，人人臉上都漾著一片笑意，熱烈期待著大餐開始。

電視劇裡的男主角說，女人是全天下最善變的動物。這話說得十分有理。才半天工夫而已，在碼頭上當衆演出團圓哭戲的古媽，憔悴的神色已經一掃而光，她穿著一襲鵝黃色的絲質套裝，頂著剛吹剪好的新髮型，站在餐廳入口神彩奕奕的招呼客人。而古安安呢？她穿了一套嶄新乾乾淨淨的牛仔裝，白T恤、牛仔褲，上身外罩一件牛仔背心，看起來勁感十足。

許久沒有好好吃一頓飯了，能夠坐著吃晚餐眞是一件幸福的事。可是，我卻老還是覺得搖搖晃晃的，腳底下不時襲來一波一波的海浪，更令人惴惴不安，似乎一個潛伏的大浪還躲在暗處，伺機而動。古安安說她也總覺得自己還在「旺海一號」上面搖啊搖的，怎麼樣都穩不住身體，還眞擔心晚餐吃到一半就會跌到椅子底下呢！

酒席吃到一半，服務生送上一道生魚片。那是我第一次看到這樣精緻的設計，鮮嫩的生魚片放在一艘透明冰雕的小船上，小船上還刻有「旺海漁業」四個字。

「各位貴賓，」古爸得意的站在舞臺前，拿著麥克風對全體賓客說，「現在服務生端上的這道生魚片，是今年鮪魚季第一條進港的黑鮪魚。我用最高的價格向『洋昌』的陳董標來的，特地請大家品嚐。我們旺海漁業雖然無緣捕到第一條黑鮪魚，卻有能力請大家吃今年鮪魚季的第一條黑鮪魚。現在，就請大家品嚐看看。」

古爸一說完，大家紛紛報以熱烈的掌聲。

老爸挾了一塊生魚片沾芥末放進嘴裡，輕輕的嚼，嚼了好一陣之後，他閉眼深呼吸，專心品嚐鮮肉的滋味，最後才把肉緩緩吞進肚子裡。那神情好像是皇帝在品嚐天下第一佳餚似的，和在「旺海一號」上頭狼吞虎嚥急著吃完飯去工作的模樣，眞是天壤之別。

「生魚片好不好吃？」我問。

「吃起來像冰淇淋一樣，甜甜軟軟的，入口即化。來，你吃吃看。」老爸幫我挾了一塊。

「我不敢吃。」我剛搖頭，老爸就把我碗中的生魚片放進自己口中了。

「聽說老闆花了不少錢去標這條魚。」坐在老爸旁邊的東伯說。

「嗯！等於『旺海一號』的半艙魚。」老爸答。

「嘎——」

「我們捕回來的鮪魚現在怎麼樣了？」我問。

「搭飛機出國賺外幣了吧！」老爸說著，突然想起什麼似的，轉頭四望，「昆明人呢？怎麼沒看到人影？」

「大概坐到別桌去了。人多不好找。」城叔答。

「這個小子！從來也沒看過一個比他更愛攝影的海員，這麼愛玩相機，來討海一點都不會無聊。」老爸說完，又挾了一塊生魚片享受。

吃完晚餐，賓客散去，餐廳只剩下幾個自己人。

古爸紅光滿面，席間四處敬酒的結果，啤酒肚又往外擴張了三分，原本個子就不高的他，看起來更像個身懷六甲的孕婦。客人雖然已經走光了，古爸仍處在亢奮的狀態，他摸著古安安的頭，洋洋得意的對在場的幾個親友說：「看來我的漁船事業不愁沒人接手了。」

古爸的話一說完，在場的人全都笑了。

「哎喲！我的肚子好痛。」古安安突然抱著肚子蹲了下去。這個古怪刁鑽的古安安，不知道又想出什麼鬼點子來了。

7

放學後，我把書包放到媽媽病房，直接上七樓病房去看古安安。

「哈囉！」我推開房門，沒想到病房裡還真熱鬧。古爸、古媽、昆明叔都在。

「噢！另外一個海上小英雄也放學回來了。」昆明叔說著，站起來頒給我一張獎狀和一個小信封。

「這是怎麼一回事？」我莫名奇妙。

「我也得到一份。」古安安拿起床頭櫃上的獎狀對我揮了揮。

「這是警方要送給你們的獎金和獎狀，感謝你們協助破獲漁船走私。」

「走私？誰的漁船走私？」

「『財盛三號』走私槍械。」

啊？那個媽媽口中很會賺錢的「三分頭」？

「還記得我們捕鮪魚那天的事嗎？如果不是兩位發現『財盛三號』和鐵殼船的行蹤，我們也破不了案。」昆明叔說。

「原來那天不是海盜事件，也不是漁船擦撞。」我恍然大悟。

「眞可惜，我們沒有當場抓到走私客。要不然就可以上電視了。」古安安很懊惱。

「人雖然沒有當場抓到，不過你拍的相片已經幫我們留下證據了。所以，那天『財盛三號』跟在『旺海一號』之後不久進港，船一泊定就被我們逮個人贓俱獲。」

「我說呢！那晚的餐會怎麼沒看到你的影子？以爲你還在暈船，原來是去辦案了。」古爸說。

「這次行動要感謝古老闆配合警方，讓我充當海員，還有安安，你見義勇爲的精神很令我佩服。如果不是你堅持要去打擊海盜，搶救『財盛三號』，我們也沒有機會破案。」

「小意思啦！有時候，小孩子胡打亂撞也會做對事情的。」古安安竟然臉紅了。

古爸好奇的問我們：「說說看，你們的破案獎金準備怎麼花？」

「帶我媽去看醫生。」我說。

「安安呢？」古爸又問。

「做有意義的事。」

「有意義的事？」古爸更好奇了，「你到底打算要做什麼？」

「不告訴你！」古安安瞄了我一眼，「這是我和阿靖的祕密。」

「祕密？我可要警告你們倆，別再給我惹事囉！」

「我保證，暫時不會。」

暫時不會？

噢！慘了。

以後，古安安不知還會異想天開要我陪她做什麼大事？

——節錄自二〇〇三年基隆市海洋文學獎長篇小說第三名作品〈尋〉

2

天使情緣

1

親愛的媽咪，您知道身旁有個宇宙無敵超級可愛的小天使，即將離開，回到上帝那兒去了嗎？

我永遠記得，當上帝為我拔掉肩上的雙翅，拆走頭上的光圈時，祂對我說的話：「我太忙了，無法照顧每個孩子，你要疼惜那個產檯上的胎兒，讓他快快樂樂長大。你要給孩子和母親幸福。」

「沒問題。」我對著上帝比了個ＯＫ的手勢，就開開心心的躍入你的肚子，三分鐘不到，達達出世了。

「嗚哇——」我用力的跟這個美麗的世界打了個招呼。

「是個強壯的男孩，聲音很響亮呵。」醫生把達達抱到您的面前，那是咱們第一次相見歡。

您望了一眼紅通通的達達，虛弱的笑了，口裡卻叫著：「哎唷！好醜啊！」

「剛生出來都皺巴巴的，現在愈醜，長大就愈帥了。」旁邊的護士幫著

腔，從醫生手中接過達達，打點妥當之後，就讓達達睡在小小的床上。從此，他可以自己呼吸，自己進食，不必再依附您的身體過活。

嬰兒室中，另外有七個新生兒，我也和另外七個天使成了好朋友，我們一起聊著往日待在上帝身旁的趣事，也討論個人的新爸爸、新媽媽。原來，面對不可控制的未來，每個小天使都惶惶不安。

在固定的時間，護士阿姨會把嬰兒室的窗簾拉開，讓爸爸媽媽們隔著窗玻璃看到他們的小寶貝；而我們這些天使，也可以從外面欣喜的五官輪廓，認出我們的新爸爸和新爺爺、新奶奶。

一天數次，媽咪們會到哺乳室，餵新生兒們喝奶。

您把衣襟拉開，把達達往你身上抱緊，一股香醇溫暖的乳汁，就像噴泉一樣澆溼了達達的臉龐。然後，溫溫軟軟的乳頭撐開了達達的嘴脣，蜜一樣的汁液鑽進了達達的嘴脣。

「啊！人間第一美味！」我忍不住開心大叫。

其他的小天使也紛紛雀躍歡呼。

「當小天使眞好！」我和我的天使同伴有志一同，都以身爲一名嬰兒的守護天使為榮。

2

然而，不是所有的小天使都是幸福的，也有任務失敗的，譬如我。

那天，當您懷著既興奮又緊張的心情，重返睽違五十幾天的銀行，同事的阿姨、叔叔們早已買了一束鮮花，擺在您的座位，迎接您產假結束，重新回到工作崗位。您的出現，帶給繁瑣的銀行員生活一點新鮮的樂趣，有人發現您的臉色似乎比產前白皙，也比以前圓潤了些，脫口就說：「你的月子好像補得不錯喔！」有人問您寶寶給誰帶，有人關心您一個晚上起來餵奶幾次，甚至還有人說您訂的彌月蛋糕很好吃。您一一含蓄的避重就輕回答，沒有告訴任何人達達仍住在醫院，醫生和上帝正以達達為繩索，進行一場驚心動魄的拔河競賽。有些人問得深入了，竟讓您有點兒手足無措。幸好，銀行的鐵捲門及時捲起，蜂擁而入的顧客打斷了談話，解決了您的尷尬，您深吸一口氣，按下電子燈號器。

當一個步履蹣跚的老爺爺拄著枴杖來到您的櫃檯前，您用最燦爛的笑容，最甜美的聲音迎接「○○一」號的客人：「老先生，請問您需要什麼服務嗎？」

「我要存一萬元。」紅色圓盤中，盛了一疊藍鈔，老先生粗沉的聲音爲您的忙碌展開序曲。

老先生存完了錢，燈號帶來了下一個顧客，一個家庭主婦到您的櫃檯前，她要您幫她爲遠方讀大學的兒子匯生活費……忙碌是擔憂最好的解藥，客人如流水般一個個來，您專注在手邊進進出出的鈔票，一個早晨平靜的過去了。

十二點半終於輪到您吃中飯時，您開心的嚼著便當裡的排骨，桌上的電話鈴聲響了，您隨手接了起來，卻是總機阿姨的聲音：「玉蟾，三線。」

然後，您毫無防備的按了三線，張口一句：「喂！我是黃玉蟾。」

「黃小姐，我這兒是醫院，我要告訴您一個不幸的消息，達達已經在十二點三十五分時，回到上帝身邊了，請節哀。我們已盡了最大的努力了。」

「咚！」一聲，話筒自您的掌中滑落。

「怎麼啦？」身旁一起吃飯的襄理阿姨問，「玉蟾，發生了什麼事？」

您苦笑著回答：「襄理，我要請假，剛才是醫院的電話，我的達達已經走了。」那時，我眞的不敢相信，也不願相信這是事實。才五十幾天哪！五十幾天的母子情緣就像水中倒映的月亮，也像鏡子所照到花朵，誰都來不及細看，一切都成了空。

襄理阿姨的嘴巴大得可以塞進一個蛋了，您的眼眶汪著澄澈的水液，像個即將水滿的池塘。池塘若是水滿溢出來該怎麼辦？我慌張的伸手想要幫您在眼眶築堤。可是，我的手剛伸出來，大洪水卻自動退了。

親愛的媽咪，眞是對不起，我不應該偷偷跟在您背後到銀行來上班，我不該把達達獨自丟在醫院，讓他自己和病魔打仗。我已經陪他打了五十幾天的仗，覺得有點兒累，才會想要溜出來透透氣，沒想到，我才一離開，他就被上帝帶回去了。

3

親愛的媽咪，當爸爸開著車來接您回家時，您一上車就仰在椅背上，兩眼緊閉，我才發覺，您臉上的白皙原是蒼白失血，半月形的臉龐，其實是浮腫。

這一個多月，我們都受盡了折磨。

在那個接近中秋的涼爽早上，也就是咱們成爲母子的第五天早上，阿嬤戰戰兢兢的由護士阿姨手中捧回了達達小寶貝，從那一刻開始，我們就被判了甜蜜而又驕傲的無期徒刑。爸爸慢慢開著車，回程路上，阿嬤一會兒開窗，一會兒關窗，開開關關，無非是怕達達悶到了，或是著了涼。由醫院回家，只有三公里的路程，我們開車走起來，卻好似唐僧西行求經的路途，遙遠多舛，隨時充滿可怕的變數。

回到家裡，您捧著阿嬤事先爲您熬好的麻油雞，嘴裡咀嚼熱騰騰的雞肉，眼裡望的卻是達達那紅撲撲的小臉蛋，惟恐一時疏忽，貪嘴的蚊子就趁機親吻上他的蘋果面頰。一餐飯吃下來，折折騰騰的，也花了一個多鐘頭，卻根本就是食不知味。

您在出院時曾聽到旁人提起新生兒臍帶感染致死的案例，一家人戒愼恐懼，全副心力放在避免臍帶感染上頭。達達一個多星期後小肚臍漂亮的脫落了，我一顆懸掛的心這才放下。

臍帶落了，阿嬤說初乳的高營養時期也過了，該給達達喝奶粉了。於是，阿公阿嬤兩人歡歡喜喜的在大賣場推著購物車，買回最貴最好的奶粉。

「強強也是吃這種奶粉長大的，長得又高又壯又聰明。」阿公得意的說，「達達將來一定和強強一樣，讀書都是第一名。」

強強是阿公的長孫，一個人見人愛的強壯小學生。阿公阿嬤爲達達描繪了一個美麗的遠景，爸爸和您欣然接受阿公阿嬤的安排，希望自己的孩子也能跟長兄的孩子一樣強。

可是，沒想到達達竟然開始拉肚子了，他持續不停的拉。

「你要把奶瓶消毒乾淨！」阿嬤一聲令下，您把消毒奶瓶的時間加長一倍，整天神經兮兮的盯著奶瓶消毒器，懷疑它的計時器是否故障了？或是溫度控制器是否壞掉了？否則，爲什麼達達的大便老是稀成一灘，成不了一坨？

當阿嬤發覺事態嚴重，決定帶達達進城去看醫生時，他早已拉得連腸膜都拉出來了。

七十歲的老醫生，是城裡的小兒科權威，在他手下救活的孩子不計其數。然而，他看了達達的狀況，直搖頭說：「新生寶寶拉肚子是很麻煩的事！」他撫摸了達達的頭蓋骨，發現他已經囟門塌陷，有了脫水的情況。開了兩天份的藥後，他毫無把握的囑咐：「兩天後若病情沒有進展，就趕快送到大醫院去，不要再拖了。」

步出診所大門，您的淚水就如火山爆發後的岩漿，頓時噴瀉出來，根本就控制不了。

「爲什麼達達會拉肚子呢？」我眞的搞不清楚，我第一次當小天使，不知道原來小貝比也會生病呀！

住在鄰鎮的外婆，聽到消息趕過來安慰您。

「不要哭，不要哭，小孩拉肚子不是什麼重病，而且，林醫師的醫術那麼高明，你不要擔心。」

「可是，他也沒有什麼把握呀！」您悲悽的看著懷中甜睡的達達。

「哎呀！醫生都是把病情想得比較嚴重的啦！我要是像你這樣愛哭，養你們這五個孩子，經歷過多少病痛恐懼，早不就把眼睛給哭瞎了？」外婆有點不耐煩。

「你有五個孩子，死了一個無所謂，還有四個，而我……只有達達呀！他要是死了，我該怎麼辦？」抱起達達，您的淚水就成串的流下，把達達的襁褓給沾濕了一大片。

外婆坐在一旁，只是搖頭嘆息。我知道，她擔心她的女兒月子中哭壞了眼睛，可是，您更擔心您的兒子還沒看清楚這個大千世界，就蒙主恩召了。

遵照醫師的囑咐，您用點滴液取代牛奶，給達達禁食了兩天，兩天之後，他的腹瀉是好了一點，但是，卻突然出現黃膽，整個人昏睡不醒。您泡了一瓶牛奶，以為原本食慾良好的他，會賣力吸吮，不料，任憑奶頭如何在他口中轉動，他也毫無反應。

阿公和爸爸決定連夜送達達進城檢驗。

望著爸爸抱著達達出門的背影，您的心都碎了。

「達達！達達！你一定要好起來。」您不斷地在心中對著親愛的兒子呼喊。

果然，達達的黃膽指數過高，必須立即住院照光。那天，您躺在沒有達達的床上，惡夢連連，一夕數驚。睜開眼睛，想起達達昏睡的模樣；閉上眼睛，是他渾身插管的可怕情況。睡睡醒醒的，熬過了那一夜。

第二天早上，您在二樓的洗手間臨窗梳洗時，意外的看到屋後鄰家兩個未上幼稚園的小女孩，赤著腳在三合院的廳堂前玩耍，一個拿著石頭敲敲打打，一個舀著洗衣鋁盆裡的水到處潑灑。秋日的陽光，輕輕灑在她們的髮上，散發出金黃色的光澤，歲月顯得如此寧靜、溫暖、美好。看著她們，您不禁悲從中來，為什麼上帝如此不公平？別人的孩子，像草一樣照顧，卻像小樹一樣快快長大；而您的孩子，千寶貝、萬寶貝的看護，卻頻頻出狀況。

達達照光兩天，第三天早上，終於獲得醫生的同意出院。看著阿嬤抱著他自計程車下來，您再也顧不得月子裡的女人不能吹風的禁忌，衝著上前去，半抱帶搶的自阿嬤懷中接過他來。哇！胖了一點喔！您歡喜若狂，抱著他又是笑，又是跳的，這輩子似乎從未如此歡喜過。

達達的腹瀉快好了，黃膽也退了，爸爸放心的返回城裡上班賺錢。

4

老天只讓您歡喜了兩天，達達又有了狀況。每次吃完奶兩個鐘頭左右，他必定在睡夢中暴哭醒來，四肢屈縮成一團，一張臉漲成鮮紅色，而眉宇間卻轉成了白色。那模樣再加上暴哭聲，簡直就像是被放入油鍋中炸熟的泰國蝦。

「這孩子爲什麼如此嬌貴？」您搖晃著達達，企圖使他的哭聲稍歇，卻不斷的在心裡問著。

阿公阿嬤年紀大了，體力不濟，幫忙抱個十幾分鐘還可以，時間再久一些，也只得投降，把燙手山芋送回來。

達達的情況日益嚴重，變成了日夜不眠，隨時隨地都可能掙扎哭叫，只要稍一抱不牢，就會摔到地面去。您像個萬能機器人，抱著達達坐在窗前，從白天坐到黑夜，深夜時，「嘩……」鄰居家的鐵捲門一道一道拉下來休息了。您抱著達達，像抱著地雷，只要姿勢稍作調整，他就驚慌大哭。

當朝陽從東邊雲層射出，鄰居家家戶戶把鐵捲門往上推開，「嘩……」的聲音此起彼落，大家都起床準備展開新的一天，而您，一夜未眠，只因懷抱了一個小地雷。

這樣不眠不休的日子，持續了三天三夜七十幾小時。您腰瘦得幾乎無法挺直，您再也無法逞強爲不敗的機器人媽媽。

那一夜，您再也受不了了，在達達掙扎不止時，紅著眼睛的您，失去了理性，狠狠拍打他的小屁股，哭叫著：「你這個磨娘精，磨娘精！」瘋狂的哭喊聲，驚嚇了達達，他哭得更大聲了。您明知道自己這樣子是不對的，可是，身心眞的受不住如此艱鉅的折磨呀！我在一旁看了也是心酸，可是，身爲一個嬰兒守護天使，我竟然不知道自己該如何幫助達達，讓他安穩入睡。

您猛打著床，不斷的怨懟：「爲什麼我會生出這樣的孩子來？爲什麼？」達達既沒發燒，也沒別的毛病，爲什精神會這麼好？幾天幾夜都不必闔眼睡覺。

達達哭，您也哭，哭得比他還大聲。

阿公阿嬤在睡夢中聽到您們母子的嚎啕，睡眼惺忪趕上樓來，阿嬤接過達達，不斷搖哄他。阿公也只能踱步嘆氣：「身體好好的，怎麼會這樣？」阿嬤突然想起什麼似的，對阿公大叫：「一定是出院那天經過喪家，受到驚嚇了，天亮後去找村尾的先生媽畫符，燒了給他洗澡，看會不會好一點。這樣下去不是辦法，不眠不休已經好多天了。」

早上十點多，阿公由村尾回來，說：「先生媽講囝仔能吃能喝，上唇鼻梁間也沒有瘀青驚嚇的痕跡，她的符恐怕起不了效用，建議我們還是帶進城去給醫生看。」說著，他遞給阿嬤一包艾草：「這是她順便給的，洗澡時放進水裡，去去邪。」

您又慌慌張張的雇計程車進城去。老醫生解釋他的病情爲：「消化能力較弱，奶粉在腸裡發酵，產生了氣體，脹在體內滾動，那種痛，眞是五臟六腑都痛徹了。」原來他是脹氣，而您竟然曾經狠心、發瘋般的捶打他！您爲此痛恨自己的粗暴。

滿心希望的拿了幫助消化的藥摻在奶粉裡，果然，達達不痛了，能睡了。可是，藥一吃完，達達的脹氣毛病立刻又發作。

一直靠著藥物維持，著實不是辦法。達達出生時體重二千九百公克，四十天後，卻只剩下二千五百公克。依醫生的指示，只有換奶粉一條路可以試著走了。新奶粉的分量每兩日遞增四分之一，一個禮拜後，就可以把奶粉完全換過來了。

然而，向來順從的您，卻不敢擅自作主。就如當初阿嬤認爲餵母奶麻煩，家裡又不是買不起奶粉，要您打針把漲乳退掉，您二話不說就遵照阿嬤的指示改用奶粉哺乳。因達達是阿公的第二個孫子，阿公的長孫當初喝的是市場上最貴的奶粉，他希望一律平等，次孫當然也要用那最昂貴品牌的嬰兒奶粉。

「醫生說最好換低蛋白質的奶粉，孩子的腸胃弱，消化不了這種高蛋白的奶粉。」您忐忑不安的稟告公婆，果然換來不悅的臉色。

「人家都說吃這種品牌的奶粉，將來孩子才會長得高長得壯，長得聰明。」阿公斬釘截鐵的拒絕醫生的建議。

您便也不敢再提。只是繼續定時餵奶，繼續懷著忐忑不安的心情照顧達達，每一次的換尿布，就是一次的大樂透開獎。

有時候，尿布吸滿了黃色的尿液，顯得漲滿可愛；有時候，達達在一陣哭鬧之後，您打開尿布，開出的獎是下下獎「一灘黃花」。阿公阿婆怕您再提換奶粉的事，便總是若無其事的說：「小孩子，拉肚子是小事，能吃得下就沒問題。能吃能拉就能長得高。」

「這會不會是上帝的考驗呢？怕我沒有足夠的耐心與能力，照顧祂所賞賜給我的達達？」於是，您咬牙堅忍，希望每日清晨的禱告，能讓您「好媳婦有好報」。

5

然而，是上帝正在打瞌睡嗎？忘了對您的考驗該適時中止。還是上帝後悔了，急著收回最寵愛的小寶貝？

達達又腹瀉了，愈瀉愈嚴重。當爸爸接到您的電話返家，達達已經腹瀉嚴重到腸子都出血痲痺，排出橘紅色的大便來，神智已半昏迷了。到了醫院，醫師的皺眉打了一個深得打不開的結，經過檢查，醫生宣布：「這孩子嚴重腹瀉併發敗血症，有生命危險，必需住院。」於是，您默默承受著這一切，不哭泣，也不悲嚎！也許是淚已流光了吧，您只能用韌性去承擔一切，這才是真正的母愛呀！

達達還在住院，您的產假卻已結束，必須回到工作崗位。請完產假才一天，您又開始請了喪假。

「達達，我沒想到你會走得這麼快。」您鎮日坐在窗前，拿著達達出生時醫院爲他拍下的裸體照片無奈的呼喚。

除了默默承受失去孩子的悲傷之外，您還要承擔來自阿公阿嬤的指責。身爲一個媳婦，您只是一遍又一遍的對阿公阿嬤說：「公公婆婆，都是我不好，沒有照顧好達達，請不要生氣。」

朋友們聽到噩耗，紛紛前來慰問。當旁人提到達達的不幸，您總是自己先安慰自己說了：「我用農民曆算出達達的八字是五兩六，可以說是很重的了，我先生說，大概是他命太貴重了，我們養不起。」

朋友們不知如何接口，您又說：「算命的說，他是玉皇大帝身邊的侍童，觸犯天條，被打落凡塵來，所以，很快就回天庭去了。」

這全是歌仔戲中的臺詞呀！聽到這兒，誰能強忍住淚水？然而，您的語氣平靜如昔，好像是在講別人家的八卦般雲淡風輕，事不關己。只有我知道，向來排斥迷信巫卜的您，私下也曾瘋狂叩問卜者，可見您爲了挽回孩子的生命，內心曾是如何的狂亂，只要有任何一絲希望，都不會輕易放過。就如落水即將

溺斃的人，即使是一塊浮木，也要握緊不放。

「孩子命好，沒有受到人間的苦難折磨，就回去天庭當神仙了。」每當您和朋友說完達達的故事，都是這樣作結束。

親戚朋友聽了，即將出口的安慰話只能吞回肚子裡去。在您面前，一切安慰都是膚淺的話語。

6

您又回到工作崗位去了。

您含著僵硬的笑容爲上門的顧客服務，我悄悄趴在櫃檯上方的天花板俯視，剎那間，我發現您一臉灰頹沮喪，及肩的長髮，鬆垮垮的垂掛在兩旁，一綹一綹的瀏海，也略呈凌亂。

您的神情，是如此的無助，悲傷融成一圈圈粗重的繩索，把您緊緊綁住。對於上蒼賦予的不幸，您其實是無能爲力，只能自己靜靜的承受。

「幸虧只有五十幾天就走了。如果孩子養大了才被上帝召喚回去，或是白髮人送黑髮人，那份傷心才叫人痛進骨頭裡去。」午餐時，襄理阿姨按著您的肩膀，輕聲說。

也有人勸著：「這個無緣的孩子，一定是送子觀音糊塗送錯了，才會緊急要回去。」

不論別人如何勸說，您總是靜靜的聽著，既不辯白也不附和。辯白與附和又能如何？

娃娃，是上帝送給母親最珍貴的禮物。娃娃與母親的因緣有時深有時淺，有時長有時短，這是無法強求的事。

親愛的媽咪，我是多麼願意繼續留下來，陪著您一起回憶和達達共處的美好往事，但是，我必須回到上帝那兒，不管是回去接受責罰，或是接下新的工作任務，我都不能逃避身為一個守護天使的責任。再見了，親愛的媽咪。

珍重！再見！

——二〇〇一年吳濁流文藝獎第二名作品〈天使情緣〉修寫

3

你吃過秀逗糖嗎？

1

暑假結束前的返校日，珈珈看到新老師，老師的洋裝裡好像裝了一顆籃球，說起話來輕聲細語，動作也極緩慢。

那是一個重新編班後的二年級教室，教室裡擠滿了稚氣未脫的二年級學童，和緊張萬分的家長，教室鬧哄哄像菜市場一樣，家長爲孩子完成註冊，老師宣布下週一開學注意事項後，就放學了。

回家的路上，媽媽抱怨說：「眞倒楣，竟被一個帶球跑的女老師教到。」

「爸爸不是最喜歡看NBA的籃球明星帶球上籃嗎？爲什麼我被帶球跑的老師教到會不好呢？」珈珈問。

「哎！老師帶的這個球，和NBA的籃球是不一樣的。」媽媽有點後悔自己話講得太快了，卻也不想多解釋，「很快你又會有一個新老師了。」

隔天上學，家長只剩一半不到，他們都退出教室，站在走廊或窗戶邊觀看姚老師上課。

天氣很熱，姚老師坐在藤椅上，流著汗喘著氣點名：「劉俊傑。」

「有。」一個大眼睛的男孩舉手。

「很好。」姚老師給了劉俊傑一個鼓勵的眼神，接著點名：「黃韻婷。」

「有。」坐在窗戶邊的第三個座位的女生舉手了。

「很棒。」姚老師笑了一下，再點下一個小朋友，「張進旺。」

「在這裡。」

「哦？」姚老師遠望過去，看到後門角落一個小光頭，隨即給小光頭一個親切的笑容，「很有精神。」

「王珈珈。」

「有。」坐在講臺前的珈珈，個子雖小，聲音卻很響亮，她也希望獲得姚老師的讚美。

「啊？」姚老師沒想到答聲出現在自己眼前不到一公尺處，她被珈珈的聲音嚇了一跳，看到珈珈的同時，點名冊從她手中滑落地上。

「嘻嘻。」笑聲從四面八方傳出，姚老師面紅耳赤，困難的彎下身子，想要撿起點名冊。但聰明伶俐的珈珈卻早姚老師一步，撿起了名冊，遞給姚老師。

姚老師接過名冊，望見珈珈，不禁打了個哆嗦。珈珈的四肢健全，五官清晰，眼睛大而圓，原該是個清秀的孩子。不幸的是，全身皮膚好像潰爛後剛結痂，紅咚咚一片，而眼眶、嘴脣四周裂開的傷口，尚在復原階段，看起來分外駭人。

「昨天怎麼沒有發現這個孩子呢？」姚老師驚駭的自問，但是，窗外、教室有那麼多雙的眼睛在望著自己，她絕對不能亂了陣腳。

「珈珈聲音眞響亮，老師的點名冊都被嚇得想要逃走了。」姚老師這麼一說，大家又笑了起來，氣氛頓時輕鬆不少。

但是窗邊一個捲髮的婦人卻僵著臉，她的五官和珈珈極為神似，姚老師依稀猜測到她和珈珈的關係。

姚老師深呼一口氣，望著珈珈說：「珈珈，你動作快，座位又離老師最近，以後就當老師的小祕書好了，老師如果東西掉在地上，你就負責幫老師撿起來囉。」

「好。」珈珈嘴脣開心上彎，猛點頭。

姚老師的眼角瞥見，窗邊的捲髮婦人嘴角也彎出跟珈珈一樣的弧度，顯得溫柔許多。

2

新成立的班級，同學之間彼此不認識，對老師也很陌生，剛開學，大家都在適應之中。身高不到一二〇的珈珈，病情始終不穩，皮膚有時潰爛，有時卻結痂，好像即將痊癒。

每到下課時間，姚老師埋頭在作業堆中，珈珈總是會突然出現，走到姚老師身旁，噘著小嘴告狀。

「老師，張進旺打我。」

「老師，劉俊傑剛才撞我一下，沒有跟我說對不起。」

「黃韻婷她笑我，說我是矮冬瓜，才會坐在第一排。」

林林總總的糾紛都從珈珈口中傳出，姚老師望著她那受傷的臉龐，不禁在心底問：「珈珈，你內心的傷痛何時才能結痂呢？」

有一天，珈珈又來到姚老師桌旁，姚老師放下手邊批改的作業，趁著旁邊

沒有其他孩子圍繞，問珈珈：「你的皮膚生病了嗎？」

「不，我是被感染的。」珈珈睜著無辜的大眼睛爭辯。

「什麼時候？」

「剛出生時，在婦產科。」說完，珈珈轉身就走，留給姚老師莫大的迷團。

珈珈離開教室，把自己關在廁所裡，一顆心怦怦跳著。

「要不要告訴姚老師我的病呢？」珈珈舉棋不定，她很高興姚老師終於注意到自己和別人不一樣了，但是，她又好擔心，萬一跟老師講了，老師跟別人一樣，露出吃驚好奇的眼神，這樣她會受不了的。

「算了，我什麼都不要說，免得被同學當怪物看。」珈珈下了決定，踏出廁所時，上課鐘聲正好響起。

回到教室，姚老師已經站在講臺上張貼著生字卡，準備進行第三課的生字教學。

珈珈看到老師從塑膠袋中掏找生字，再高舉雙手把字卡用磁鐵貼在黑板上，顯得吃力遲緩，她衝上講臺，自告奮勇：「老師，我幫你找字卡。」

不等老師應允，珈珈就照著國語課本的生字順序，把字卡從袋中抽出，遞給老師。

「眞是謝謝你了，可愛的小祕書。」姚老師送給珈珈一個眞誠的微笑，那份心意，珈珈接收到了。她發現姚老師眞心喜歡自己，那一刻，她改變了決定，她要告訴姚老師自己的皮膚爲什麼常常會潰爛。

國語課上完，就是打掃時間，珈珈幾次靠近姚老師，但是老師只顧著教黃韻婷、陳依伶那幾個女生擦窗戶，好像忘記追問珈珈的皮膚這件事了。

再上一堂數學課，就放學了。

「明天，我一定要趁著四周沒人的時候，走到老師面前，跟她說我的皮膚不是生病，也不會傳染。」回家的路上，珈珈蹦蹦跳跳的跟媽媽說。

媽媽有點驚訝，今天的珈珈怎麼顯得特別開心？她的心情也受到了感染，「明天回家時，你記得告訴我，老師聽了你的話，有沒有什麼特別的反應？」

「她一定是說：『你眞勇敢，可愛的小祕書。』」珈珈說著，忍不住又蹦跳了起來，「她今天叫我『可愛的小祕書』呢！」

可是第二天珈珈上學時，姚老師沒來了，代替她上課的是一個比姚老師更年輕的代課老師。

「我們姚老師為什麼請假？」珈珈下課時來到代課老師桌前，老師正在改著作業，她抬頭望了珈珈一眼，手中的紅筆卻突然掉到地上，珈珈趕緊蹲下去幫老師撿起來，但是代課老師卻迅速的從抽屜中拿出另一枝紅筆，繼續改著作業，她低著頭回答：「你們老師生娃娃了，得請假幾個星期。」

「噢。」珈珈想起手中的紅筆，放在桌上，「老師，你的筆。」

老師繼續改著作業，頭抬也不抬，「一定斷水了，扔到垃圾桶吧！」天真的珈珈跑回座位畫了畫，拿著本子到老師桌前，「老師，你看，筆心沒有斷水耶！」

「噢！」老師望了望本子裡頭流暢的紅線條，淡淡的說，「擺著吧！」珈珈把紅筆放在老師桌上，可是一直到放學，那枝筆都躺在原處。

隔天上學，那枝筆已經不在老師桌上了。珈珈倒削筆機裡的鉛筆屑時，卻在垃圾桶裡看到一枝完好的紅筆。

那天回家，珈珈有氣無力的跟媽媽說：「你說對了，被一個帶球跑的女老師教到真倒楣。」

「姚老師很快就會回來了，你要耐心等。」媽媽給珈珈建議，「明天到學校你可以問代課老師，你們姚老師什麼時候會回來上課。」

珈珈沒有去問代課老師，但是她每天都在等，她相信，總有一天，姚老師一定會回到教室來。

3

姚老師回來的時候，天氣已經轉涼了。

那一天早上，珈珈一大早就起床，七點不到就拉著媽媽上學。前一天放學時，代課老師告訴大家：「明天你們姚老師就會回來了，大家要乖一點，姚老師才會高興。」

珈珈來到教室，果然是第一名，她把每個窗戶打開，整個教室的地板都掃一次，還把講桌的雜物擺整齊，老師的辦公桌、椅子，全都擦了一遍。當她忙完一切，第二名的張進旺才睡眼惺忪的提著早餐踏進教室。

「哎唷！天上落紅雨了，王珈珈今天竟然一大早就上學了。」張進旺沒想到自己上學第一名的寶座竟然被又矮又小的王珈珈給搶去。

王珈珈沒有理會張進旺，她拿出聯絡簿，抄寫著代課老師昨天下班前寫在黑板上的聯絡簿事項。張進旺是個調皮坐不住的孩子，珈珈不理他，他便想要逗珈珈。

「寫的字太醜了！擦掉重寫！」張進旺走到珈珈身後，學著代課老師平時對自己的態度，大聲對珈珈咆哮。

珈珈嚇了一跳，整個人趴在聯絡簿上，不給張進旺看自己寫的字，張進旺見自己的挑釁起了功效，愈發得意，「叫你擦掉重寫，你是聽到沒？」

珈珈趴著不理張進旺，張進旺乾脆學起代課老師的招數，伸手去搶珈珈的本子，「你不肯擦，老師來幫你擦。」

「不要。」珈珈大叫，護著自己的聯絡簿，張進旺使勁拉著珈珈抄寫的那頁，一人拉一邊，聯絡簿「嗶啦」一聲，裂成了兩半。珈珈拿著少了一頁的聯絡簿，張進旺手裡抓著被撕下來的那頁。

兩個人的手同時鬆落，聯絡簿就掉在地上了。

珈珈趴在桌上啜泣，張進旺也慌了，匆匆忙忙跑回自己座位，無聲吃著早餐。

「戈登！戈登！」第三名同學走進教室了。但是珈珈太生氣，太傷心了，她沒有抬頭去看是哪個同學進教室來。

這腳步聲十分陌生，愈來愈靠近，可是突然又不見了。那個同學彷彿走到珈珈身旁就突然消失了似的，珈珈忍不住好奇，抬頭張望。

「啊？老師！」

原來是容光煥發的姚老師進到教室來了。她那圓滾滾的肚子不見了，現在，苗條的姚老師站在珈珈身旁，正彎著腰幫她撿起破裂的聯絡簿呢！

珈珈搶著要撿回自己的本子，卻已晚了一步，生產過後的姚老師不但體型苗條許多，就連動作也靈敏不少。

「噢！可憐的聯絡簿，一大早就被分屍了。」姚老師把聯絡簿拿回自己座位，用透明膠帶把撕下的那頁黏了回去。

珈珈想起昨天代課老師吩咐大家今天要乖一點，便走到老師桌前。「對不起，我不該一大早就和張進旺吵架。」

「還好只是本子破了，如果是漂亮的臉蛋抓破了，那就糟囉！」姚老師輕輕捏了捏珈珈的臉，然後轉頭對張進旺說：「張進旺，老師剛才在門外都看得一清二楚，你不對，該道歉！」

張進旺嚇得像隻小老鼠似的，畏首畏尾走到姚老師面前，對珈珈鞠躬敬禮，「對不起，王珈珈。」

「好啦！兩人握握手，好朋友。」姚老師解決了兩人的糾紛，鬆了一口氣，坐下來，開始準備當天的上課教材。

珈珈坐在自己座位，偷偷瞄著姚老師，當了媽媽的姚老師，感覺上好像更溫柔了，她新燙的頭髮在兩耳旁捲起一朵朵的波浪，好像微風吹過的海面，寧靜安詳中帶著點兒美麗的小浪花。

同學們一個個上學了，大家看到姚老師都很開心，每個人都睜著亮亮的大眼睛偷偷瞄著姚老師，早自習時間，大家都安靜極了；上課的時候，每個人念課文都很大聲，作業也寫得很整齊；下課時間，許多小朋友圍著姚老師聊天，大家東問西問，就是沒有人告狀。姚老師過了很開心的一天，放學時，她從皮包中掏出一袋棒棒糖，每人一枝。

大家舔著甜甜的糖，開開心心的回家了。

媽媽來接珈珈的時候，珈珈迫不及待對媽媽說：「今天我是第一個跟姚老師講話的人，她還幫我黏貼聯絡簿呢！」

「你的簿子爲什麼撕破了？」

「噢！」珈珈抓抓頭，笑了笑，「人家不小心嘛！」

4

珈珈又感冒了，穿上冬裝的她，看不到四肢皮膚的潰爛。然而，臉、耳、頸的皮膚狀況卻是怎麼也遮不住的。珈珈的病況不定，時好時壞，好的時候，所有的傷口都乾裂結痂；當她感冒或抵抗力弱時，兩眼就像是泡在爛泥巴中。

吃了感冒藥的珈珈一點精神都沒有，整個早上都趴在桌上，她不想找同學玩，同學們看到她的狀況更是退避三舍，大家都害怕被她傳染了。

這天下課，姚老師依舊在改本子，教室裡的小朋友全都跑出去玩了，只剩下珈珈一個人留在座位休息。

「珈珈！要不要過來陪老師聊天？」姚老師對珈珈招了招手，珈珈懶洋洋的站起來，走到姚老師座位。姚老師從抽屜拿出一本圖畫書《封神榜》，遞給珈珈：「送你，生日快樂。」

珈珈睜大了眼睛，「老師，你怎麼知道今天是我的生日？」姚老師得意的回答：「老師手指掐一掐就知道啦！你一定不曉得，老師還會算命呢！」

「眞的嗎？」

「當然！」

「那你幫我算一算，我這次段考會不會考第一名？」

「哦！這個不行。天機不可洩露，萬一洩露了，會被校長罵。」

「那你再幫我算一算，我的皮膚病會不會好。」

姚老師放下紅筆，掐了掐手指，說：「一定可以醫好的。不過……」

姚老師的話還沒說完，珈珈開心的搶著話：「老師，你算得很準呢！我爸爸也說我的病遲早都會醫好的。」

「哦？」姚老師驚喜的望向眉開眼笑的珈珈，沒想到自己胡謅竟然和王爸爸的說法吻合。她發現珈珈一笑起來精神不錯，眼睛顯得特別大，而且言談舉止和其他八歲女孩子一樣伶俐，忍不住摟著她說：「珈珈，其實老師覺得你長得很漂亮喲！」

「眞的？」她的眼睛睜得又圓又亮，「老師，我告訴你哦，我爸爸告訴我，醫生說我長大抵抗力變強時，這個皮膚病可能就會好了。」

「眞的？」這回換姚老師驚喜的睜大眼睛。

「對呀！每個星期六晚上，爸爸都帶我到公園旁邊的診所看病，然後就去百貨公司頂樓玩電動。就是那裡的醫生說的。」

珈珈眼中充滿了希望的光芒，令人怦然心動，姚老師問，「你去那家皮膚科治療多久了？」

「嗯——」她偏偏頭，想了想說，「我也不知道，從很小的時候就去了。」

「哦？那你什麼時候得到這病？」姚老師考慮了很久，終於問出口。

「剛出生就得到了。我爸爸說，從婦產科抱回來後就發現我的背很紅、很紅，不久，整個臉呀、手呀、腳呀都生病了。」

「那時候有沒有去看醫生？」

「有啊！可是都沒有效。」珈珈嘟起龜裂的小嘴，姚老師看了，忍不住伸手去輕撫珈珈的臉。

「我想，你一定很痛、很不舒服，對嗎？」

「對呀！有時候我都好癢、好癢，很想用力去抓，可是媽媽說這樣會更嚴重，要我忍耐，爸爸給我泡藥水，我就覺得好受一點兒了。」

「你眞是個不簡單的孩子。」姚老師還想對珈珈說些話兒，正好上課鐘聲響起，她打開送給珈珈的圖畫書，「珈珈，這書中有一個男生，他和你一樣，也都是一出生就紅通通的小孩。」

「哦？」

「這本書很有趣，你可以多看幾次，下回你要告訴我，誰是那個紅孩兒，好嗎？」

「嗯。」珈珈用力的點了點頭，拿著書回到座位去了。

晚餐的時候，爸爸、媽媽和姊姊爲珈珈點起蠟燭，大家一起拍了幾張紀念照，接著就是唱生日歌，生日歌唱完，珈珈開始對著燭光許願：「第一個願望，我希望全家人永遠在一起。第二個願望，希望我的病能夠趕快……」

「8」字上頭的燭心突然掉落下來，燭光滅了。

「啊？不祥的預兆。」珈珈失望的說。

「哦！不不不，」爸爸很快打開餐廳的燈光，「一定是你這個願望會最快實現，所以燭火先熄了。」

「還有第三個願望還沒許呢！」媽媽提醒，「要不要閉起眼睛繼續許願？」

「不必了。」珈珈開心的說，「只要這兩個願望能實現，我就是天底下最快樂的小孩了。」

5

隔天一早，珈珈到學校的時候，姚老師已經坐在教室裡改作業了。

「老師老師，我已經知道答案了。」珈珈搖著手中的《封神榜》大叫，「紅孩兒就是哪吒。」

「珈珈果然是個聰明又努力的學生，一個晚上就找到答案了。」姚老師摸了摸珈珈的頭，「哪吒勇敢嗎？」

「非常勇敢。而且故事愈到後面，哪吒愈勇敢。」

「你整本都看完了？」

珈珈猛點頭。「我前前後後看了三次。」

「你一定是只看字，沒看圖。」

「噢！」珈珈憨憨笑了，「被發現了。」

「這本書你要多讀幾次，下課時可以把哪吒的故事說給同學聽。」

「那我可以當故事班長嗎？」

「當然可以，親愛的小祕書，你從現在開始，就當本班的故事班長。請問你今天想跟同學們說什麼故事呢？」

「說一個跟我『同病相憐』的男生的故事。」珈珈高舉著手中的圖畫書。

「噢！故事班長眞不簡單呢！已經會用成語了。」

那天下課，珈珈開始拿著《封神榜》坐在姚老師座位旁邊看，如果有小朋友過來，姚老師就會請珈珈說故事給那位小朋友聽。

珈珈愈來愈喜歡姚老師了，每天下課的時候，珈珈如果沒有看書說故事，就會走到姚老師身旁，指著頭說痛，抓著手臂喊癢，或是捧著肚子叫疼。

姚老師除了摸摸她的頭，給她吹一吹手臂、揉一揉肚子外，還會一本正經的問：「蓮花化身的哪吒身體癢不癢？他會不會要他的老師太乙眞人幫他吹一吹？」

珈珈笑著搖頭。

「珈珈也是蓮花化身的，對不對？」

珈珈點頭一直笑。「我的身上每天都會掉好多屑屑下來，好癢好癢，可是我都沒有哭。」

「哪吒很勇敢，他可以打敗敵人。」姚老師問，「珈珈也很勇敢，她能不能打敗敵人？」

「應該也可以。」

「讓我們爲珈珈拍拍手。」姚老師率先拍手，幾個圍觀的小女生也跟著老師拍手，頓時，珈珈感覺自己的身體好過多了。

「老師，我跟你說哦！我比哪吒幸福多了。哪吒的爸爸李靖脾氣很壞，只要孩子一犯錯就把孩子趕出門去。人家我爸爸對我很好，常常帶我去看醫生、玩遊樂器，還會買好吃的零食給我吃呢！」

九歌出版社 健行文化出版 Ten Points 天培文化

10558 台北市松山區八德路3段12巷57弄40號

九歌出版社有限公司收

姓　名：＿＿＿＿＿＿　性別：男□　女□　出生：＿＿年＿＿月＿＿日

手　機：＿＿＿＿＿＿　電話：（　　）＿＿＿＿＿＿

e-mail：＿＿＿＿＿＿　地　址：□□□＿＿＿＿＿＿

教育程度：□國中（含以下）　□高中職　□大學專科　□研究所（含以上）

與好友分享《九歌書訊雜誌》

推薦三名不同地址的好朋友，他們將分別免費獲贈《九歌書訊雜誌》

姓　名：＿＿＿＿＿＿　地址：□□□＿＿＿＿＿＿

姓　名：＿＿＿＿＿＿　地址：□□□＿＿＿＿＿＿

姓　名：＿＿＿＿＿＿　地址：□□□＿＿＿＿＿＿

您可以選擇免貼郵票寄回、將正反資料回傳，或是上網登錄 九歌文學網 http://www.chiuko.com.tw
電話：02-25776564 傳真：02-25706920

讀者回函卡

謝謝您購買本書，我們非常重視您的意見與想法，請您費心填寫並寄回給我們！

● 購買的書名____________________

● 購買本書最主要的原因（可以複選）：□書名 □內容 □封面設計 □價格便宜 □整體包裝 □作家

□其他，告訴我們你的想法：____________________

____

____

● 您如何發現這本書：□書店 □網路書店 □書訊 □廣告DM □報紙 □廣播 □電視 □親友介紹

□其他____________________

● 下一本你想買的書，主題會是：□華文創作 □翻譯小說 □生活風格 □少兒文學 □勵志學習

□兩性成長 □醫療保健 □旅遊美食 □藝術人文

● 您通常用哪一種方式購書：□郵購 □逛書店 □網路書店 □劃撥 □信用卡 □傳真

□其他____________________

「珈珈好幸福呵！」同學們紛紛發出羨慕的嘆聲，珈珈心情一好轉，也忘記身體的癢痛了。

「珈珈，你可以告訴同學《封神榜》裡頭有關哪吒的故事嗎？只有你最了解哪吒了。」姚老師在忙著時，只要珈珈靠近過來撒嬌，她就會給珈珈這樣的功課，珈珈也很樂意一遍遍說著哪吒和李靖之間的故事。

這天，珈珈指著圖畫書中哪吒從肚子拉出來的腸子。頗不以爲然的說：「我爸爸說，哪吒挖骨剔肉替父母償命的故事一定是騙小孩的，哪有人剖開自己的肚子之後，還能拉出腸子來？甚至把自己的骨頭和肉分開來？這樣做的話，即使沒有痛死，恐怕也早就流血過多致死了。寫這種故事的人如果不是缺乏醫學常識，就是無血無肉的外星人。」

珈珈超乎一般八、九歲孩子的見解，讓同學讚嘆不已。

慢慢的，珈珈成爲班上同學的偶像，她既會講《封神榜》裡的故事，更能提出自己的看法。尤其是珈珈那隨時都可能飄下粉紅色屑屑的皮膚，在小朋友眼中，簡直就像是圖畫書中太乙眞人手中可以鋪成人形的蓮花花瓣。

珈珈的皮膚病，竟讓《封神榜》的故事，在同學心目中變得更加的眞實而親切。

下課的時候，姚老師的座位像春天的鳥巢，一群小麻雀在那兒吱吱喳喳的叫個不停。而珈珈是其中個子最小，卻最聒噪最可愛的一隻。

珈珈天真活潑的本性充分表露出來，和男生發生摩擦的機會也愈來愈少，她愁眉不展的日子愈來愈少，反倒是笑聲日多。

說話課時，珈珈還會主動上臺講故事給同學們聽，往往故事說到一半，就忍不住咯咯咯的自顧自笑彎了腰，活像隻快樂下蛋的小母雞，惹得臺下的同學也跟著笑成一團。

珈珈漸漸忘記自己的皮膚病，她像隻快樂的小鳥，笑聲在家裡和校園迴盪。

6

六月，當蟬兒在樹梢鳴唱，平靜的校園又將送出了一批畢業生。在校的學生，也都快要升上新的年級了。

你吃過秀逗糖嗎？

這天，早上十點多那一節下課，小男孩小女孩照例圍在姚老師身旁，看著她批改前一天的回家作業，珈珈突然抓出三顆包裝精美的糖，放在桌上：「老師，你吃過秀逗糖嗎？我請你吃。」

「好呀！一定很好吃。」姚老師的肚子有點兒餓了，她放下手中的紅筆，隨手抓了一顆，剝了包裝紙就塞進嘴裡，

周遭一片靜默，窗外的蟬聲叫得又大又頑皮。

姚老師的舌頭用力一吸，哇！酸酸、澀澀、苦苦的味道，像針一樣刺來。姚老師想也未想，皺緊眉頭，吐出口中的糖果來。

四周爆出一陣笑聲：「哈哈！老師被騙了。」

「老師也會怕酸喔？」

「老師都不知道怎麼吃秀逗糖。」

「這糖果怎麼這樣難吃？」姚老師苦著臉說。

珈珈得意的教姚老師：「這糖是我爸爸買的，老師！你再吃吃看，會覺得很好吃！」

「再吃？我不要，我不要。」那酸味，姚老師一想就怕。

「眞的啦！我爸爸說吃這個糖會有苦盡甘來的感覺。」

「哦——」姚老師遲疑了一會兒，爲了不使珈珈失望，她拿起兩粒包裝完整的糖，問周圍的小朋友，「老師牙齒不好，不能多吃糖，這兩粒誰要吃？」

「我！」「我！」「我！」桌旁的小朋友們爭搶著要。姚老師覺得很疑惑：「你們都吃過這種糖嗎？」

「吃過，好好吃。」彷彿背臺詞般，衆口一詞。

姚老師改變了主意，「這麼棒的糖果，老師要帶回家吃吃看。老師也想知道什麼叫作『苦盡甘來』的感覺。」

那天中午，小朋友們放學回家後，姚老師獨自待在空盪盪的教室中，她鼓起勇氣把秀逗糖放入口中。酸澀味立即刺舌而來，她差點把糖吐出來，但是她忍耐了一會兒，舌頭繞了糖果幾圈，吸吮幾口。不久，一陣清甜自舌尖傳來。嗯，辛酸之後的甜味的確是棒極了！姚老師的耳畔響起珈珈似懂非懂的話語：「我爸爸說，吃秀逗糖會有苦盡甘來的感覺。」

「八、九歲的孩子，眞的懂什麼叫苦盡甘來嗎？」姚老師想起終年照顧珈珈的爸爸、媽媽，即使是吃一顆糖，也不放棄教導孩子人生的道理，心裡不由得興起了無限的敬意。

漫長的暑假過去後，珈珈升上三年級，由別的老師帶著上課，姚老師又回到指著黑板念「ㄅ、ㄆ、ㄇ、ㄈ……」的啓蒙角色。下課時間，珈珈偶而會跑去找姚老師，嘰嘰喳喳報告著假日和父母出遊的趣事，或是新老師的作風……她的皮膚病，依然時好時壞。

後來，珈珈逐漸習慣新老師、新同學的中年級生活，來找姚老師的次數愈來愈少。不知道從什麼時候開始，珈珈就再也沒來找姚老師了。

7

這年夏天，蟬兒又在校園裡大聲唱歌了。

有一天下午，姚老師獨自在教室裡批改作業。

「報告！」一個有點兒熟悉又有點兒陌生的聲音從前門傳來，姚老師抬頭，遠遠看到一個高年級女生。

「請進！」姚老師問，「有什麼事？」

「老師，我要畢業了，謝謝您對我的教導，能不能請您爲我寫些字當作紀念？」女生遞來一朵紅玫瑰和一張空白紙卡。

「哦？」姚老師仔細看著眼前這個長得比自己還要高的女生，她的五官清晰，兩眼汪汪，原本是個十分清秀的女孩，只可惜臉和脖子一片泛紅，還有些皮屑剝落的痕跡，制服遮掩下的手臂皮膚也……

「王珈珈！」姚老師驚喜的站了起來，接過珈珈手中的那張紙卡，「想不到你長這麼高了。」

「老師，謝謝您還記得我。」珈珈緊繃的臉霎時鬆緩，露出淺淺的笑容。

「你的皮膚好像快好了呵！」姚老師眞心的說。

「只要抵抗力強的時候，感覺就比較舒服；可是如果感冒，就全身又癢又不舒服。眼角、嘴脣也會潰爛。」珈珈流暢的說著自己的病情，似乎是有備而來。

「我記得你告訴我，等你長大病就會好了。」

「老師的記憶力眞好。」珈珈淡淡笑著說，「我爸說醫生還在研究新藥，只要新藥研發成功，我就得救了。」

「醫學一直在進步，你一定要有信心。」

珈珈勉強的笑笑。

「這些年，你辛苦了。」姚老師拍了拍珈珈的肩膀，珈珈突然抬起頭，熱切的望著姚老師，「老師，謝謝您以前送我那本《封神榜》，它爲我帶許多快樂的時光。」

「哦？」姚老師露出迷惑的眼神，顯然她已忘了那本書。

珈珈趕緊說：「這些年來，哪吒的故事給我很大的安慰。哪吒的身體是一瓣瓣的蓮花再生的，我的身體隨時都會掉下小屑屑，我們可以說是同病相憐呢！我慢慢不再像小時候那麼傷心了，也不會像以前那樣不敢上街。」

「你比哪吒還勇敢。」姚老師終於想起來了，同時，她還想起一件趣事，「你小時候曾調皮的作弄老師，請老師吃一種很奇怪的秀逗糖，記不記得？」

「秀逗糖？」珈珈疑惑的望向姚老師，「就是那種外面酸酸苦苦，裡面卻很清甜的糖果嗎？」

「嗯！」姚老師笑了，「你還教老師說，吃秀逗糖就和人生一樣，會有苦盡甘來的感覺。」

「噢！」珈珈靦腆的笑著，「想不到我小時候這麼『愛現』。」

上課鐘聲響起，姚老師說：「你先回教室吧！這卡片我寫好再拿給你。」

「謝謝老師。」珈珈畢恭畢敬的離開了。

星期三早上，畢業典禮前，珈珈收到一個信封，打開來，是姚老師寫給她的卡片。

親愛的珈珈：

這些年來，每當我不開心時，就會想到你在二年級時問我的話：

「你吃過秀逗糖嗎？」

老師但願屬於珈珈的人生，也能像吃秀逗糖一樣——辛酸去後，甘甜隨之泉湧。

愛你的姚老師筆

——原載一九九二年二月二十五日《中華副刊・你吃過透逗糖嗎？》修寫

4

阿嬤的廚房

1

清晨八點，兩個工人帶著工具準時到達。

「來！在二樓，我帶你們上去。」媽媽喜孜孜的放下手中吃剩的半碗稀飯，三步併作兩步，跨著階梯上了二樓。

清芳的眼角向左瞄了一眼，爸仍然靜靜的喝著碗裡的稀飯，一派的氣定神閒，絲毫不受工人到來的影響。

「頭家娘，是要敲掉哪裡？」清芳聽到工人的粗嗓門。

媽媽也扯著嗓門回答：「全部都幫我敲掉，磚砌爐灶、瓦斯桶架子、洗碗檯……全都不要留，對了，牆上的瓷磚也記得要鏟掉，以後我們這裡要當客廳用的，壁上留有瓷磚不好，人家一看就知道是是廚房改造的。」媽的聲音堅定而有力，但勉強壓下的語調，還是隱藏不住歡喜興奮的情緒。

「好，沒問題，一切都照你的吩咐。」工人低沉的聲音停下不久，房子就隨著金石撞擊聲震動了起來。

「匡啷——」是磚牆落地的巨響。

「匡啷——」又敲下一大塊磚牆。

爸爸皺起眉頭，低聲提醒清芳：「趕快吃，待會兒灰塵飄下來，全都不能吃了。」

爸爸說完，把空碗放到碗槽中就出門逃難去了。

樓上的工人好似知道爸爸已經離開似的，非常有默契的，開始啓動電鑽，「嘰——嘰——」整棟房子不斷的震動著，也不停的發出金屬和磚牆摩擦的刺耳聲，清芳待在一樓的廚房裡，不時聽到大塊磚牆倒地的聲響，細碎的水泥塊、磚末，也都跟著樓梯滾下樓來。灰屑飄呀飄，飄到了一樓，像一陣煙霧瀰漫在眼前。

「幸好阿嬤沒有看到她的二樓廚房被拆掉。」清芳想起，像阿嬤那樣固執的老人，怎麼能容許她的勢力範圍被不相干的外人所摧毀呢？

「很少透天住家的廚房在二樓，除非是一樓當店面。」電鑽太重了，工人工作一會兒就得休息，他利用休息時間和媽媽聊著。

「我們一樓原本就有個廚房，前幾年老人家不知在想些什麼，說要在二樓建廚房自己煮，她想建就一定要建給她，要不然，被她吵到沒辦法。」媽媽無奈。

「老人囝仔性。」工人說完，電鑽聲又響了起來。

灰屑磚礫揚舞中，清芳放下碗筷，起身那一刻，看到媽媽留下的半碗稀飯上頭，灑滿了紅色的磚粉，她伸手想去收拾，卻又縮回手來，不知生性節儉的媽媽待會兒下樓來，如果看到自己吃到一半的稀飯被收走了，心裡會不會又罵：「討債！」

清芳想著，邁著快步走出大門，來到房子後頭的菜園。

園子其實是荒蕪的，這段日子，一家人忙著輪流上醫院看護阿嬤，卻忘了排班照顧她心愛的園子。

「這些亂長的雜草，就和癌細胞一樣，喧賓奪主。」清芳看到菜園裡蔓生的雜草，想起阿嬤體內蔓生的細胞。清芳又想起阿公在世時曾說過阿嬤的往事，據說，阿嬤自幼生性剛強，當了母親之後，個性更加剛烈，在生爸爸坐月子的時候，一輛路過的軍車誤撞了家中騎樓的柱子，阿嬤就抱著襁褓中的爸爸，跳上車抓著駕駛，非得要人家還給她一個公道不可。

像阿嬤如此強悍的婦人，年紀大了之後，又能對自己體內蔓生狂長的細胞如何?最後還不是乖乖俯首稱臣，獻上自己最珍貴的生命版圖?她的生命，甚至不如這菜園裡殘存的九層塔。

自從阿嬤沒有辦法照顧菜園之後，菜園裡已經沒有王法，各人憑本事爭取生存的空間，雜草竄位成了主人，阿嬤的菜苗生命基因脆弱，枯的枯，死的死，只剩下用來炒三杯雞的九層塔，一息尚存，在和雜草們做最後的殊死戰。

「你也受不了敲擊聲?」熟悉的聲音在背後響起，清芳轉過頭，看到爸爸不知何時走到了菜園，站在黃槿樹下對著清芳笑。

清芳點頭。「看到這些雜草，我想

起了阿嬤，如果現在她還活著，一定不會讓菜園變成這種樣子的。」

爸爸啥也沒回答，淺淺笑了笑。

「媽媽拆掉阿嬤的廚房，阿嬤不知會不會生氣？」清芳擔心說。

「你媽等這一天已經等了許多年，就隨她去吧！」

「可是——」清芳還想把自己內心的不安告訴爸爸。但是爸爸伸手拍了拍清芳的肩膀，「阿芳，你現在只有十四歲，有些事情說了你也不會懂，等有一天你長大結婚了，也許你慢慢就會了解人生啦！房子太吵了，出去散步吧！」

爸爸轉身走出菜園，出門散步去了。清芳望著那棵在雜草叢中獨自奮鬥求生的九層塔，不禁想起那年正月的往事。

2

晚餐時刻，蒼白的日光燈管在天花板有氣無力的亮著，清芳和阿嬤、爸爸、媽媽一起吃著中午喜宴剩下的菜尾。

阿嬤和爸爸的中間空了一個座位，是叔叔的。婚事一波三折的叔叔終於得到女友的首肯，歡歡喜喜的成了親。新人中午的喜宴結束後，直接回到叔叔新買的家。

「這三杯鱔魚的薑片太嫩，九層塔又太老了。」阿嬤把口中的九層塔吐到桌面後，用筷子挑除盤子裡的九層塔，九層塔在阿嬤面前的桌沿堆得像座小塔一樣。接著她又舀了一碗雞湯，啜了一口。

「這阿和也眞是的，哪有人燉人蔘雞還放鹽的？」阿嬤放下碗來，「跟著我煮了十年外燴，也出師自立門戶好幾年了，還煮出這種不三不四的菜來。早知他的廚藝這樣不長進，這次阿義的喜宴就不讓他做了。」

媽媽喝了一口湯。「還好啦！味道不錯，湯裡的肉味也滿甜的。」

「那是味精的味道，不是肉的鮮味。」阿嬤白了媽媽一眼，「你嫁到我們陳家也煮了好多年的飯，怎麼到現在連味精的味道也吃不出來？」

「媽，阿英每天一大早就要趕著上班，下班就匆匆忙忙做飯，沒學那麼多啦！你有空教她一下嘛！」爸爸討好的說。

「你的意思是我都在家吃白飯，沒工作嗎？如果沒有我幫忙帶，你們清芳會自己長大嗎？」

「媽，我沒那個意思啦！」爸爸慌亂的解釋，「我的意思是說，您以前都在幫人家做外燴辦桌，鎮上人人都誇你的手藝，現在雖然退休了，鍋子也不必吊起來嘛！偶而可以秀一秀，讓阿英學兩招呀！」

「你是捨不得你太太煮飯給我這個老太婆吃嗎？」

「媽，您不要亂想，阿仁不是這個意思。」媽媽說。

「那麼，叫我煮飯給你們吃，是你的意思囉？」阿嬤望了身旁的空位一眼，失望的說，「我知道，阿義夫妻搬出去住，自由自在，你們也想這樣，對不對？」

阿嬤的眼光在清芳身上溜了一下，隨即瞪視著爸爸媽媽，「你們清芳長大了，不需要我了，是不是？」

「媽，我們沒有這個意思，您不要想太多。」

「隨你們啦！我也想通了，人生嘛！孩子長大了，翅膀一個個硬了，看到我像見到鬼一樣，都想離我遠遠的。你爸如果還在，我就不會像現在這樣一個孤單老人了。」

爸爸用手肘頂了頂一直安安靜靜的清芳。「阿芳，你愛阿嬤對不對？」

清芳莫名奇妙的點了點頭。

「那你趕快跟阿嬤說，你要永遠跟阿嬤在一起。」

「阿嬤，我要永遠跟你在一起。」清芳照著爸爸的話說。

「到阿嬤旁邊再說一次。」媽媽教清芳。於是，清芳馬上離開座位，跑到阿嬤身旁，又說了一次，「阿嬤，我要永遠跟你在一起。」

阿嬤笑了，輕撫著清芳粉嫩嫩的小臉，「還是阿嬤的寶貝孫女阿芳最乖，不會像你阿叔一樣沒良心，娶了太太立刻就不要阿嬤了。」

「吃飯！吃飯！有話吃完飯再說。」爸爸得到機會，爲阿嬤和清芳各挾了一塊白斬雞。

「我呢？」媽媽瞪了爸爸一眼。

「整盤雞肉都在你面前，自己不會挾嗎？」爸爸說著，挾了一塊到自己嘴裡。

「你挾的比較好吃。」媽媽撒嬌的說。

「好吧！」爸爸挾了一塊雞胸肉到媽媽碗中，「人人有獎！親愛的一家之『煮』，煮飯婆的『煮』。」

媽媽又瞪了爸爸一眼，爸爸假裝沒有看到，繼續大口嚼著雞肉。清芳和阿嬤看了一起哈哈大笑。

阿嬤笑了，餐桌上的氣氛也就輕鬆了不少。阿嬤沒有再嫌阿和師傅的廚藝不精了，只是靜悄悄的扒了一碗飯。

末了，阿嬤放下碗筷，望了右手邊叔叔留下的空位，對媽媽說：「阿英，你嫁進我們陳家，也煮了十多年的飯，如今阿義已經成了家，我懸念多年的心事終於可以放下來，對你公公的在天之靈也有交代了。如今，我這老人家自然是沒有再單靠你們一家人養的道理，明天我找幾個工人來把二樓整理一下，弄個廚房，以後我自己在二樓廚房煮，不和你們一道吃了。」

一席有備而來的話，讓爸爸媽媽感到萬分突兀，他們還沒想到要如何回答阿嬤的話，阿嬤已經一陣風似的走出廚房，到菜園裡澆菜去了。

3

阿嬤原本是個外燴廚師，煎煮炒炸樣樣拿手，黃道吉日裡，跟著辦桌師傅四處趕場辦喜宴，馬路上搭個炊事棚，放個爐具，就是阿嬤的廚房。

嚐過阿嬤作菜的人總是讚不絕口，就連媽媽也曾私底下對清芳誇過阿嬤：「你阿嬤的手藝的確了得，尤其是炸菜，火候剛好，咬起來香脆有勁。」

但是，阿嬤退休以後，沒有再碰鍋鏟，也絕少踏進廚房。阿嬤在房子旁邊的空地上開闢了一個菜園，菜園就是她的天地，阿嬤在菜園裡徜徉，自得其樂。

「你媽是廚房裡的大元帥；阿嬤是菜園裡的大將軍。」小時候，每當清芳肚子餓，吵著要吃飯的時候，阿嬤總是這麼說，然後拿些餅乾給清芳塞肚子，問，「阿公以前教你下象旗，大將軍可不可以到大元帥的領地？」

「不行。」提到象棋，清芳的肚子就不餓了。

「如果跨過『楚河漢界』，跑到對方領地會怎樣？」

「死翹翹。」

「那就對啦！」阿嬤笑著撫摸清芳小小的頭顱，「阿嬤如果死翹翹，清芳就沒有人陪了，菜園裡的菜蟲也會沒人抓了。」

「阿嬤不要死，我等媽媽回來再吃飯好了。」清芳總是緊張大叫，這時，阿嬤會開心的再塞一塊餅乾到清芳嘴裡。

清芳只是不斷聽說阿嬤作菜的本事高強，卻始終沒有機會見識，直到叔叔結婚後，住在二樓的阿嬤，為自己建了一個嶄新的廚房。

二樓的廚房完工後，原本手腳俐落的阿嬤，顯得十分興奮，她大半天的時間在自己的廚房擦擦洗洗的，再加上偌大的菜園要整理，阿嬤忙得像個剛上學的快樂小孩。但是她的吃食卻非常的簡單，僅是菜園裡自家種的青菜沾些醬油，再配上一碗白飯，就打發了三餐。

阿嬤的房間在二樓前段，廚房在二樓後面增建的部分，餐桌就放在二樓上三樓的轉角走道。清芳和爸媽的房間在三樓，上下樓總常見到阿嬤獨自坐在自己的餐桌前，莊嚴的吃著自己的餐食。

那一菜一湯的青菜根本吸引不了清芳的興趣，阿嬤也知道小孩子喜歡口味重的食物，從不喚清芳和她一道吃。如果哪天她趁著媽媽沒在旁邊，神祕兮兮的把清芳拉進她的廚房，一定是她滷了一鍋好肉，急著要和寶貝分享。

「看你吃滷肉的樣子，比看電視還有意思哩。」阿嬤老是在清芳大口嚼肉的當兒，這麼心滿意足的說著。

偶而，阿嬤也會趁著四下無人，叫清芳到她的房裡，掀開八卦眠床的蚊帳，由枕頭下抽出一包包未拆封的零嘴，有時是豆干，有時是蜜餞，有時阿嬤大手筆，拿出來的是一包牛肉乾。這些都是爸爸和二叔按月給她的生活費儉省下來的錢買來的。

二叔夫婦定期回家來探望，總是待在一樓客廳和爸媽一起聊天看電視，直到阿嬤在二樓樓梯口大聲喚著二叔：「阿義，快上來吃飯，菜涼了就不好吃囉。」這時，二叔夫妻會起身到二樓陪阿嬤吃飯。爸和清芳則趕快鑽進一樓媽媽的廚房。

「阿嬤今天煮什麼菜？」「阿嬤今天去市場買什麼肉？」媽媽常在清芳落座端起飯碗的那一刻，把清芳當作大戰的間諜。

「阿嬤煮八寶飯、蓮子湯。」

「今天他們吃蜜汁排骨、烤羊肋排。」憨直的清芳永遠據實說。

無論清芳說出的是什麼菜名，永遠能夠讓媽媽心裡的不滿發酵成醋。

「我煮了十幾年飯從沒得到阿嬤一聲稱讚，更別提吃一頓阿嬤煮的大餐了。」媽媽嘆了口氣，「你二嬸命好，平日不必侍奉婆婆，假日回來，坐著看電視就有好菜吃了。」

媽媽的抱怨愈多，爸爸的頭就埋得愈低。聽多了心裡煩，爸爸就回一句：「媽對你算不錯了，從沒嫌過你一句，也沒要你煮給二弟夫婦吃，她老人家自己歡喜煮，你吃什麼醋？」

爸爸的話像把利劍，正中要害，一劍刺進媽媽的心窩裡，媽媽便連碗也不洗的到一樓客廳看電視了。

媽媽和阿嬤兩個人相敬如賓，向來沒有什麼話說，自從分廚房後，距離更遠。就連年夜飯也是各煮各的，各圍各的爐。平日阿嬤冷清的一個人吃飯，到了年節假日，阿嬤那兒就熱鬧多了，尤其是堂弟堂妹相繼出世以後，二樓鬧哄哄的吃飯聲，更襯得樓下三個人的冷寂。有回，爸打破沉默，問清芳說：「我們把菜拿上樓和二叔他們一家人邊吃邊聊吧？」清芳還來不及回答，媽媽就白了爸爸一眼，「你吃飽太撐了，沒事把飯菜端上端下作啥？要聊，等吃完飯再聊不行嗎？」

4

二樓是阿嬤的天下，阿嬤是二樓的女皇。在二樓的廚房，清芳看到阿嬤撿拾回她已經失落多年的旺盛生命力。

然而，阿嬤大部分時間都是寂寞的。

除了房子外的菜園、一樓客廳的電視前，她最常待的地方就是自己的房間。她常閉著眼睛坐在房間的籐椅上搖晃，任由書桌上的收音機震天價響的男女聲，肆無忌憚的打情罵俏。

二叔的孩子相繼長大上學後，小家庭的假日有自己的活動要安排，阿嬤的廚房又慢慢冷清了下來。難得由二樓廚房飄出來的滷肉味兒，就如阿嬤臉上難得出現的陽光。

阿嬤的個性是靜寂的，她的話一天比一天少，下來一樓客廳看電視的次數也是一星期比一星期少。除了每日早晚到菜園澆水，會走下樓來，阿嬤逐漸養成了整天待在自己房間裡的習慣。

靠著二樓廚房的排油煙機定時轟轟響起，清芳和爸媽才略微知道阿嬤的作息。

隨著歲月的流逝，阿嬤留在房間的時間愈來愈長。有幾次清芳跑到她房間門口探頭張望，正巧坐在搖椅上的她張開眼來瞧見了，便喚清芳進去，免不了又是一些的糖果餅乾。

「趕快吃，讓你媽瞧見就不好了。」阿嬤把零嘴塞給清芳時，總不忘這麼叮嚀兩句。

老花眼的阿嬤沒有發現，清芳已經長得比她高一個頭，不再是當年那個貪嘴愛哭的小女孩了。

「二弟難得回來吃飯，乾脆叫媽和我們一起吃，把二樓的廚房拆了當客廳，一樓的客廳當車庫，我們買一輛和二弟一樣的休旅車，以後就可以常常出去玩了。你覺得怎麼樣？」

這天晚餐時，媽媽興致勃勃的對爸爸提出她的「造家新計畫」，爸爸沒有立刻同意，只是回答說：「再過一陣子看看，等媽媽自己不想作飯了再說吧！」

爸爸口中的「一陣子」，一過，又是許久。直到那個夏日黃昏。

媽媽在餐桌上告訴爸爸：「媽最近好奇怪，成天都躺在床上，懶得起來煮飯，我端飯給她，她也原封不動半口都沒吃，只說很累想休息。」

「大概是不好意思吧！」清芳猜測，「當初是阿嬤說要自己煮，不和我們一起吃的。現在她不想煮了，一定不好意思說。」

「她怎麼這樣見外呢？不是自己煮的就不吃。看她愈來愈瘦，精神愈來愈差，我怎麼會跟她計較以前的事呢？」媽媽還在嘟囔的當兒，爸爸已經放下碗筷，奔著上樓了。

阿嬤開始住院，接受一連串折騰人的檢查。

「肺癌末期，剩下的時間不多了。」在病房外的走廊，見慣生命消失的醫生，斬釘截鐵的告訴清芳一家人。

問。

「怎麼會這樣呢？我媽不抽菸，爲什麼會得到這種病？」爸爸著急的追

「可能是廚房的油煙引起的吧！臺灣婦女很常患這個病的。」醫生以一種見怪不怪的冷靜話語回答。

「廚房的油煙？」爸爸想起了幼年時候跟在阿嬤身旁，看著她在沸騰的油鍋旁邊炸排骨，邊和大師傅聊天的情景。阿嬤拿手的油炸排骨，曾餵飽了許多人胃裡的饞蟲，難道也餵飽了她自己肺裡的癌細胞？

「你們太大意了，竟讓病人拖到末期才來檢查。」醫生責備爸爸媽媽，「癌細胞都移轉到四肢骨骼，怕是痛很久了。」

「我阿嬤從來都沒叫過痛，只是說很累，不想動，想要睡覺。」清芳爲父母辯白。

「哦？」醫生詫異的望向房門，彷彿他的眼光可以穿透病房的厚門，望見沉睡中的阿嬤，「想不到她的耐痛力超乎常人。」

「這回，如果不是我先生看她一直瘦下去，精神也極差，堅持要送她到醫院，她到現在可能還躺在床上忍著痛呢！」媽媽忍不住自責，「其實，我早就

覺得她精神不好，以為是她心情不好導致的，沒想到事情卻這麼嚴重。」

「醫生，我媽她——她……」爸爸遲疑了一會兒，終於說出強忍許久的問題，「她還有希望嗎？」

「只要病人願意堅持，我們一定會努力。」醫生給了爸爸一個鼓勵的眼神，隨即離去。

「清芳，你在哪兒？」阿嬤的叫聲隨著護士開啓的房門傳出來。

「阿嬤醒來了，她說要找清芳。」護士望著站在走廊的一家人。

「阿嬤，我在這裡。」清芳拔腿就往病房走。

阿嬤看到清芳出現，強忍許久的情緒終於潰堤了。「清芳，跟爸爸媽媽講，阿嬤要回家！我要回家！」

「阿嬤，你生病了，要住在醫院裡，醫生才能治好你的病。」清芳看到阿嬤哭得像個無助的小女孩。

「阿嬤沒有生病，只是年紀大了。老人都是這樣，喜歡躺在自己的床上。」阿嬤怕清芳不答應自己的請求，又急著說，「這醫院的病床阿嬤躺不習慣，你趕快去幫阿嬤辦出院手續，阿嬤回家滷一鍋你最愛的牛肉給你下麵條。」

「阿嬤，你不要再煮了啦！」清芳最終還是忍不住悲傷的情緒了，「你永遠都不要再煮了，我要阿嬤健健康康的活下去。」

爸爸和二叔以醫院隨時有醫生、護士照顧爲由，要阿嬤留在醫院。但是阿嬤每天吵著要回家，早上吵，下午也吵，吵到半夜，竟哭了起來，像個傷心絕望的孩子。大家拿她沒有辦法，只好讓她出院。

出了院的阿嬤不再吵也不再鬧，整天靜靜躺在二樓的床上，蹙著眉頭閉著眼睛，和日益壯大的癌細胞作殊死戰。阿嬤的眼睛雖然模糊，耳朵卻仍是犀利的，壁上的鐘敲過十一點，就掙扎著要爬起來做午飯。但是她的體力太虛了，沒有一次能夠成功的下床。

十餘天後，阿嬤在床上離開了人世。昏迷中，她口裡還喃喃念著：「我該去廚房做飯了，我該去做飯了。」

也許，阿嬤是趕著去給分開多年的阿公做飯吧！

5

工人施工十餘天之後，阿嬤那間陳舊簡陋的廚房，終於蛻變成明亮新穎的現代化客廳。

爸爸所訂的銀色豪華進口休旅車開進家門的那天夜裡，清芳一家三口坐在二樓的新客廳觀賞偶像劇。廣告的空檔，媽媽斜倚油亮嶄新的牛皮沙發，滿足的對著爸爸說：「我眞搞不懂媽，這麼多年來她何苦堅持要自己在二樓煮飯吃。你看，我們現在把她的廚房改成客廳看電視，家裡顯得寬敞多了，多舒服呀！人生就是要改變，有改變才有幸福的生活。」

爸爸仍是笑笑，沒回答什麼。

清芳腦海中卻突然迸出菜園裡那棵半枯的九層塔，她想起小時候阿嬤帶著她蹲在九層塔前面，細心的摘去九層塔上的嫩葉，卻把它丟回根部去。

「阿嬤，你今天要做三杯青蛙嗎？我也要吃。」清芳想到青蛙滑嫩清甜的肉質，不禁吞下口水。

「沒有啦！老人家不能常吃重口味的菜。」阿嬤笑著，「但是九層塔必須定期摘去嫩芽，它才會繼續發芽繼續長。」

「如果沒有定期摘呢？」

「九層塔很快就會抽出長長的花穗，等整株長滿花穗的時候，就不會再發新芽了，那時候九層塔就會整株枯死了。所以，九層塔很好種，也很容易死。這就像人生，要不停的改變，不停的去舊換新，才有延續下去的力量。」

清芳望著嶄新的客廳，和喜氣洋洋的媽媽，她突然了解，阿嬤、媽媽都和九層塔一樣，需要不斷除去生活中的老舊，才能萌發新希望。曾經，二樓的新廚房為阿嬤的老年時光帶來新意，如今，阿嬤的廚房已經走入回憶盒中，媽媽設計的新客廳則為整個家帶來了新氣象。這個家，邁入了新的開始。

想到這裡，清芳終於按下忐忑的心，和爸爸一起欣然接受眼前全新的改變。

——一九九九年教育部文藝創作獎第三名作品〈阿嬤的廚房〉改寫

5

彩虹橋

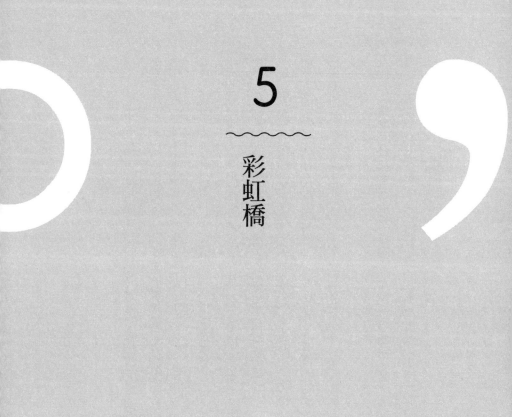

1

下午一點，艾可推著阿嬤的輪椅，我背著、提著三大包行李，從臺中火車站下車，一出站就看到一個塗滿鮮紅唇膏的歐巴桑高舉著全版的報紙，上面用墨汁寫著「田川秀娃、秀娃泰目、陳秀娃」幾個大字，我提著行李往歐巴桑走去，歐巴桑一看到我，就大叫：「你是阿成？」

我點頭，歐巴桑一手拉著我，一手拉著艾可，急急說：「快跟我來！阿健叔的車在外面等著，這附近交通警察在拚業績。」

我跟著歐巴桑越過火車站前的大馬路，轉個彎到了一條巷子口，果然看到一輛銀色的九人座廂型車，駕駛座上坐著一個乾瘦平頭的中年人。中年人遠遠看到我們，下車跑過來接過我的行李，滿臉堆著笑：「你是阿成？讀國中囉？」

「嗯！」我一時忘了父親交代我該喚對方什麼。

中年人把我的行李擺在車廂第三排椅子後面的狹小空間，又回頭幫忙歐巴桑和艾可，一起把阿嬤抱上車。

「阿姑，我是阿健啦！」中年人看阿嬤一臉茫然的神色，再加補充，「我是陳雄的兒子。」

阿嬤仍無反應，中年人又再說：「我是你弟弟田川雄的大兒子啦！我載你一起去機場接日本的大伯回老家。」

「日本？」阿嬤突然有了反應，可是她的記憶一瞬間又消失了。眼神依然空洞望向窗外。

我不得不向中年人解釋，「我阿嬤老了，腦袋有時會短路，忘記很多事情，連我都記不起來。有時她精神好，什麼都很清楚。」

「哦？這個病叫『老人痴呆症』，我在電視看過，我知道這種病。」歐巴桑大叫。

「噢？這樣喔——」中年人轉頭對我說：「這樣的話，我只能向你自我介紹了，我叫陳健一，是你阿嬤的弟弟的兒子。你就叫我阿健叔好了。」阿健叔說著，拉起旁邊的歐巴桑的手，「這是我的女朋友櫻花。你就叫她櫻花姨好了。」

「女朋友？」我望著眼前的一對中年人，他們和我的父母親差不多年紀，難道還在玩「男朋友」、「女朋友」這種年輕人的玩意兒？

「你別誤會，我們不是搞婚外情。」櫻花姨滿臉緋紅的說明：「是他不想結婚，我只好陪他耗下去。」

「和小孩子說這麼多做啥？快上車，再拖下去，飛機就要到了。」

櫻花姨對我聳聳肩，無可奈何的上車繫好安全帶，阿健叔立即發動引擎，駛出窄巷。

車子準時到了桃園機場。阿嬤、艾可和阿健叔依然留在車上。櫻花姨帶著我一起到入境大廳等候。

「這回，換你拿了。」櫻花姨遞給我一張報紙，我打開一看，裡面寫著歪七扭八的三個字：「田川強」，可能是寫字的人沾了太多墨吧，「強」字的最後一點，墨汁一直往下流，流到了報紙的盡頭。

「這麼醜的字，我不好意思拿。」櫻花姨赧然，「你阿健叔國中畢業就沒寫過毛筆字了，這回為了迎接日本的大伯父回老家，他臨時去買毛筆練字，沒想到錯買了水彩筆，將就寫了，才會寫這麼醜。」

「哦！」我把報紙張開，遮在自己面前。櫻花姨退到離我好幾步的角落，我們之間，瞬時又擠來好些個迎賓的人們。

出關的旅客一個接著一個，入境大廳裡人聲雜遝。我低頭看著自己新買的籃球鞋，心裡有點後悔，早知道要在這兒丟人現眼拿大字報，就不該爲了買這雙籃球鞋，答應父親替他陪阿嬤來這一趟「尋親之旅」了。

「我就是田川強，」一個蒼老乾澀的聲音在我耳邊響起，「你是阿雄的孫子？」

「田川強？」我接的人來了？我把手中的報紙放下，眼前站著一個拄著枴杖的瘦削老人。老人旁邊，跟著一個護士裝扮的婦人。

老人臉上雖然布滿皺紋，但目光清晰，話聲中仍跳躍著興奮的音波。我搖頭：「我不是阿雄的孫子，我是秀娃的孫子。」

櫻花姨這時靠近過來。「你是田川強先生嗎？我是阿雄的兒子的女朋友。我們來接你回老家霧社，車子就在外邊，請你跟我走吧！」

老人頷首，對陪同前來的護士交代了幾句，步伐便慢慢移出大廳。

2

阿健叔的車子駛到一棟水泥二樓洋房前停住時，已經夜幕四闔了。

昏暗的燈光從窄小的窗戶中悄悄閃出，這山中的鄉居民宅顯得分外孤寂。

「爸，我們回來了。」阿健叔的話聲方落，房子的大門開啓，從裡頭走出一個背部略駝的瘦小老人。

「阿雄——」強爺爺一打開車門，來不及跨下地板，嘴巴就忍不住叫出來。

「大哥，你回來了。」屋裡的老人奔跑前來，抱住強爺爺，「真的是你，大哥！」

「阿雄，你也老了。秀娃也老了。我們都老了。」強爺爺回頭望了一下閉眼沉睡的阿嬤。

「姊——」雄爺爺望向車裡，僵硬的叫了聲，「你回來了？咱們有四十幾年不見了吧？」

「啊？」強爺爺張口結舌，「你們同在臺灣，竟然四十年沒見面，這是怎麼回事？」

阿嬤仍是歪著頭閉著眼休息。我動手去搖她的肩膀。「阿嬤，你醒醒，我們已經回到霧社的雄爺爺家了。」

「嘎──」阿嬤醒了，望著眼前的人，沒有半點反應。

「我阿嬤她年紀大了，這裡有時會故障。」我指著自己的腦袋。

「姊──」雄爺爺顫抖著嘴脣，「這四十幾年來，你都沒有回山上，也不准我去看你，沒想到，我們還有再見面的時候。」

阿嬤像一個新生嬰兒對周遭環境極好奇，轉著頭東張西望，眼神就是沒辦法和雄爺爺對焦。

「爸，先進去吧！有話坐下來再說。伯父和姑姑年紀大了，坐好幾個鐘頭的車子，都累了。」

「哦！好！好！阿健，你幫忙把姑姑搬下來，我先帶你強爺爺進客廳休息去了。」

我們一行人進到客廳，看到兩個老人捧著一張發黃的老舊照片唏噓落淚。

雄爺爺看到我們進來，把阿嬤推到強爺爺身旁，指著強爺爺手中相片一個穿著和服的少女，「大姊，你看這張片，有無印象？這個穿花衣服的就是你。媽媽抱著的是我，旁邊這個英俊的少年，就是咱們的大哥田川強。你看，大哥終於回來看我們了。」

阿嬤仍是一臉茫然的望著相片，耳朵也好似沒有聽到雄爺爺的聲音。

相片中有五個人，右邊的少女是阿嬤，中間被抱的小男孩是雄爺爺，左邊站立的少年，是強爺爺，那麼，端坐中間的梳著和式髮型，穿著和服的婦人是誰？坐在婦人旁邊的日本警察又是誰？

我滿腦疑問很快就得到強爺爺的解答。

「這張相片我在日本也有一張，爸每次想你們的時候就會拿出來看一看，他臨終還說對不起你們母子三人。」

「你們回了日本爲什麼從不回來探望我們？連一封信也沒寄過來？」

「這是時代的悲劇，事情已經過去，就算了。」強爺爺嘆了口氣。

「怎麼可以算了？我等了這麼多年，就是想要知道，爲什麼爸帶著你回到日本，一去六十幾年，全無音訊。難道你去了日本變成了日本人，便看不起我們這些留在臺灣的原住民手足？」

「不是這樣的，你誤會了。」

「我誤會了？那到底是怎麼一回事？」雄爺爺有點兒心急。

強爺爺猶豫了三秒鐘。「爸他被派到臺灣當警察之前，在日本原就訂了婚，沒想到在霧社奉上級『和番』的政策，和媽媽結婚，生了我們三個之後，日本戰敗，他只好回到日本去。原先的未婚妻一直等著他，所以他回日本就和未婚妻結婚了。」

「啊？爸爸回日本之後還娶了一個日本新娘？你就和那個日本女人一起生活？」雄爺爺指著強爺爺問。

強爺爺遲疑了一下，點頭。

雄爺爺突然暴跳起來，「難怪你們兩人回到日本就再也沒有消息，留下我們三個在臺灣受苦。你知道秀娃姊這輩子吃了多少苦嗎？你知道爲什麼我們姊弟會四十年沒有見面嗎？這全都是因爲你們這兩個日本人，你現在爲什麼還要回來？爲什麼？」

雄爺爺愈說愈激動，搶過強爺爺手中的相片，往地上就是一摔。

「匡啷——」

「爸——」阿健叔蹲下去搶救，晚了一步，相片和鏡框碎了一地。雄爺爺頭也不回的走回房裡。

櫻花姨趕忙拿來掃把和畚斗，阿健叔把碎鏡框和相片交給櫻花姨，抬頭尷尬的望著楞在一邊的雄爺爺，和傻坐在輪椅上的阿嬤。

「伯父，眞不好意思，你們分隔了六十幾年，沒想到你們一見面就發生這種狀況。對不起，我爸他可能太失望了，情緒才會失控，您別在意。」

強爺爺右手微舉，制止健叔說下去。「他的苦，我能了解。當年，如果是我留在部落，阿雄跟著爸爸回日本去，今天，摔相框的人，可能換成是我。這是時代的悲劇呀！」

3

雨後的山坡，一片翠綠，萬物滋長，綠油油的雜草，將原本就不寬闊的山路淹沒成一彎細細的山徑。

我們一行五人穿著長袖長褲長雨鞋上山，阿健叔走在最前頭，用一根枴杖不斷擊打著前面的長草，提醒草叢裡的小動物趕快讓路。櫻花姨和日本看護一人一邊扶著強爺爺，慢慢的往前走去。

前夜剛下過雨，路上的泥土又軟又滑，我們每跨出一步，即在泥地上印下深刻的痕跡，總要等到身體的重心穩了，我們才敢往前再踏一步。我們走得極慢。

路走得再慢，終有盡時。我們還是到了山腰的墓地。阿健叔領著我們走到一塊小小的石碑前面，碑上刻著「塔紅泰目之墓」。

「就是這裡了。」

強爺爺點頭，交代隨身看護打開提包，拿出一個褐色小玻璃罐和一塊長方形小木匾，上頭刻著「田川勇夫之墓」。

強爺爺把手中的東西交給阿健叔：「你幫忙把祖父葬在祖母旁邊。」

「祖父？」阿健叔看著自己手中的玻璃罐。

「我只是象徵性帶一點骨灰回來。你就把木匾暫時插上去，改天你爸有空上山，請他在祖母旁邊給祖父造個像樣的墳。兩人可以作伴……」強爺爺突然停下話來，望著「塔紅泰目」旁邊一塊放倒的石碑，臉色大變，「難道你祖母改嫁了？」

阿健叔蹲下去拿起倒放的石碑，反過面來，上面刻的竟是「田川強」。阿健叔尷尬的解釋：「我爸他說，祖母到死都念著要見大伯最後一面，而大伯一直沒有音訊，所以他就——」

「你爸就幫我先刻個墓碑陪祖母？」大伯看著那塊刻著自己名字的石碑苦笑，再抬頭望著陰霾的天空。

阿健叔乾笑著回答：「伯父您一直沒有音訊，我爸也不知道您還在不在世間。祖母要走之前昏迷了很久，有一晚突然神志清醒，很高興跟我爸說：『祖靈在喚我了，我要跨上彩虹橋去了。以後見到你哥，告訴他，我在彩虹橋的那端等著他來團圓⋯⋯』」

阿健叔的話未完，強爺爺突然跪倒在墓碑前。

「媽，我回來了。媽——」強爺爺的手指來回撫著「塔紅泰目」幾個字，哽咽著，「媽——對不起，我不是英勇的泰雅勇士，我不會狩獵，不曾出草，我沒有資格走上彩虹橋和你相聚。媽，對不起，我就是死了，也跨不上彩虹橋，沒辦法和你團聚了，對不起。」

強爺爺跪在墓前不斷用袖子拭著眼角滲出的淚水，櫻花姨在一旁手忙腳亂勸著：「大伯，您別傷心了。現在是文明時代，早就停止狩獵，『出草』也是犯法的了。彩虹橋是以前的傳說，現在科學進步，大家都不信這一回事，您別爲這事傷心。」

強爺爺仍是哽咽著。「媽，你們當初留在部落，一定受到排斥，受到羞辱，阿雄才會那麼生氣，那麼恨我和爸。可是，我到了日本也並不好受，日本小孩對我說：『你媽不是紋面刺青的番人嗎？你是番人，你就應該和番人交往，不應該來我們日本。』媽——我在日本每天都想回來，我想回來娶一個泰雅姑娘。可是爸他希望我留在身邊照顧他和雅子媽媽，他們兩個老人家膝下無兒無女的，他們怕我一回臺灣就不回日本了，所以一直不肯讓我離開。沒想到，我現在可以回來了，您卻走了，阿雄也不諒解我——」

「大伯，您不要在意我爸的態度，他是在吃您那日本媽媽的醋啦！」阿健叔在一旁故作輕鬆的勸慰著強爺爺。

「我知道，阿雄和秀娃留在部落一定也是被排斥的，像我們這種『和番』政策下的日原混血兒，不管是留在臺灣，或是到日本，都難逃被排斥，被當成異類的命運。」強爺爺兀自對著墓碑訴說。

「我是聽我爸說過，小時候部落的小孩罵他們：『你們是日本鬼子的小孩，就該去日本，不要加入我們泰雅的夥。』聽說秀娃姑媽就是受不了族人的排斥，長大後才會下山到都市，一去四十幾年，只寄回錢來，人始終不肯回來，也不肯我爸去找她，她怕人家知道她是日原混血兒。」阿健叔說著，伸手去拉強爺爺，「但是，這一切都過去了。大伯，您不要內疚，這不是您的錯。快起來，您年紀大了，筋骨不好，不要一直跪著。」

強爺爺在日本護士和阿健叔的攙扶下，吃力的站起來。「我在日本日夜思念著留在部落的親人，沒想到當我回到自己出生的土地時，竟然景物全變，人事全非，連自己的親弟弟也——」

「大伯，別再傷心了。難得回來，這幾天我們就陪您去附近走走，散散心。」櫻花姨熱心的說，「阿健他爸是在耍孩子脾氣，過兩日就好了。」

4

車子在蜿蜒的山路上前行，一忽兒重心在左邊，一忽兒重心移到右邊，車廂裡的談話聲時零時落，老在緊要關頭被突如其來的路況打斷。

「不好意思呵！最近馬路在埋管，路況比較麻煩一點。大伯，您多包涵。」阿健叔搔著頭說。

「沒關係，沒關係，你放下生意不做，載我四處走走，我很高興，哪在意這些路況？」

「日本的路況不會這麼糟吧？」坐在駕駛座旁的櫻花姨問。

「有時候修路，也是會有些狀況的。」強爺爺專心望著前面的馬路，好奇的問，「這是哪條道路？我好像沒有印象。」

「新中橫。」櫻花姨熱心的介紹，「現在是臺灣很有名的一條遊覽風景區的要道，等一下我們要去的地方就快到了。」

「故鄉的變化眞大，我都完全不認得了。」強爺爺再嘆了一口氣。

「是呀！您離開六十多年了，人都會變老，更何況是路呢！」阿健叔跟著嘆氣。

強爺爺轉頭向阿嬤問：「秀娃，你還記不記得，當年我隨父親回日本時，母親拉著我的手不放，哭得呼天搶地的？」

阿嬤仍是看著前方，全無半點反應。

這幾天的相處，強爺爺已經很習慣阿嬤這樣的表情了。他自顧自的說：「你和阿雄也是拉著爸爸的長褲口袋，嚷著『你們不要走。』那時，我眞想留下來，可是，爸不能不回日本去，而且，他堅持要帶一個孩子回去。年紀最大的我，只好跟他去了。媽因爲臉上的紋面，擔心到日本無法被接受，堅持要留在霧社，一個家就這樣被拆開了。沒想到，我們這一走，就是一甲子的分離。」

「其實我一直想回來，可是——」

強爺爺的話停住了，像是一個大弧形的問號，停在半空中，問號最後那一「點」，總也落不下來。

阿嬤在車上打起瞌睡來了，不知道強爺爺的話，她聽進了多少？

阿健叔把車子停在路邊，越過馬路的對面，是一座白色三連式的牌坊，中間寫著「碧血英風」。我們分批扶著強爺爺和阿嬤登上石階。

「這是哪裡？」強爺爺抬頭，望著眼前高聳的白色牌樓。

「這是『霧社紀念公園』，莫那．魯道抗日的故事，大伯您聽過嗎？」

「莫那．魯道抗日……」強爺爺望著天空，眼神縹緲，過了好久，好久，才在天空的白雲堆中找到那條失蹤已久的記憶線頭，「是了，沒錯，如果我記得不錯的話，那是在我很小很小，大概兩三歲的時候吧！還記得那時秀娃剛出生不久，有一天，霧社地區的聯合運動大會舉行，爸爸一早就去參加，後來，聽說一個泰雅勇士拿著彎刀衝進運動會場，殺了一個日本人，接著，一群的泰雅勇士衝上街頭，開始殺日本人，從此，部落裡一片風聲鶴唳，經常聽到喊殺聲、槍聲，許多日本人被殺，爸爸一連好幾天都躲在外面不敢回家，媽媽抱著我和秀娃坐在床上一直哭，我們不敢出門去問爸爸在哪裡，怕那些拿著武器的族人跑進家裡來……」

強爺爺跌進悲傷的往事脈絡中，忘了我們的存在。「後來，部落裡來了許多日本軍人和日本警察，天空還有飛機，那些抗日的勇士都被逼到山上去了……爸爸終於安全回家來了，可是媽媽還是成天哭，因為她的哥哥和弟弟全都死在日本人的槍下……」

周遭一片靜寂，我們都不知道該如何接下強爺爺的話語。

「那次的事件之後，表面上大家又都回到正常的生活軌道，可是關於那次的事件，部落裡的族人都不敢再提起，大家怕自己說了會被日本警察當作是抗日分子抓起來。就是在家裡，爸爸媽媽平日的交談也愈來愈少，那時，我幼小的心靈就有一種感覺，我們家遲早會像摔破的碗，散落四方。」

強爺爺把目光從遙遠的天際拉回，望向眼前挺立的莫那・魯道塑像，「是了，我小時候看到的勇士就是這種裝扮，就是這樣的不屈神情。父親不在家時，母親曾偷偷告訴我，將來長大，要像舅舅們一樣，做一個勇士，死了以後，靈魂就能夠爬上彩虹橋，住在祖靈居地中最美麗的地方。」

「真的有彩虹橋嗎？」我忍不住抬頭看著莫那・魯道頭上的天空，萬里無雲。

「傻小子，」阿健叔拍了一下我的頭，「如果你願意成為泰雅勇士，『彩虹橋』當然就在天上等你囉。」

5

一彎香蕉，斜掛天空，像一座黃色的拱橋，可惜它不是強爺爺念念不忘的彩虹橋。

雄爺爺獨自坐在院子的角落，自顧自的抽著菸。這幾天我們住在這裡，雄爺爺老是這樣一副愛理不理的模樣。

阿健叔叫我們別理他，「我老爸他就是這種怪脾氣，興奮的時候對你講個沒完沒了，生起氣來又可以十天半個月不和你講話。我早習慣了。『老人囝仔性』說的就是這種情形。」阿健叔秀了一句作生意時學來的臺語。

強爺爺也笑了，「他還是和小時候一個樣子。那時候的他，一生起氣來，嘴脣翹得比天上的月亮都高。」

雄爺爺在一旁偷聽到強爺爺的話，故意把籐椅轉向，地板發出重重的撞擊聲。原本側對著我們的雄爺爺，這會兒變成了背對著我們了。

強爺爺和阿健叔對望了一下，兩人會心的笑了。我們幾個旁觀者，也跟著笑出聲來。

只有阿嬤還是呆坐在一旁。

「其實你雄爺爺很想加入我們的行列，只是拉不下臉來，他愛面子。」櫻花姨把嘴湊在我耳邊小聲說。

「強爺爺明天就要回日本了，他們兄弟還是不說話，怎麼辦？」我小聲問櫻花姨。

「照我昨天說的去做就對了。」櫻花姨無奈的聳聳肩，對著我擠擠眼，「人老了就是這樣固執。自己不會下樓梯，還得咱們這些晚輩給他找臺階下。」

櫻花姨拿起桌上的竹製口簧琴，故意大聲慢慢說：「阿健，明天大伯就要回日本了，咱們爲大伯表演一段泰雅歌舞吧！」

雄爺爺搖扇子的手停止了幾秒鐘，回頭望了我們一眼，又轉身背對著大家搧涼。

我們都假裝沒有注意到雄爺爺的動作。

阿健叔叔回答櫻花姨：「好啊！我來吹一首泰雅情歌，櫻花，你來唱。大伯，你如果會唱的話，歡迎加入我們。」

阿健叔沒忘了我的重要性，「阿成，我看你成天穿著那雙高級籃球鞋，想必一定是運動健將，不如你就來伴個籃球舞好了。」

阿健叔也不讓阿嬤的艾可及強爺爺的看護置身事外，他邊哼邊拍手打節拍，走到她們面前，「兩位小姐，一起來吧！」

兩位看護果然跟著阿健叔打起了拍子。

現在，只剩下阿嬤一個人當觀眾了。

院子角落，還有一個背對著我們搖扇納涼的雄爺爺。

阿健叔把口簧琴放在唇前，右手拉繩，左手把竹片固定在口邊，望著櫻花姨，兩人用目光打出前奏的拍子，「一、二、三、起……」

昏黃的月光下，簧片發出的前奏，從阿健叔的嘴邊飄入夜空。只見櫻花姨一個深呼吸，張口，清亮的歌聲宛如深山裡的溪水，乾乾淨淨流出山谷，蜿蜒而來。

請讓我告訴你，請讓我告訴你，英俊的青年，你是個挺拔的勇士，你是慓悍的泰雅勇士。

你聽，LOBO（泰雅語「魯布」，即是指竹簧琴）的聲音，代表你的強壯和勇氣，我在等著你狩獵回來，英俊的青年，泰雅的勇士……。

阿健叔邊吹奏竹簧琴，邊踏著舞步，走到櫻花姨身邊，他的上半身隨著樂音而搖晃，下半身則重複著簡單的舞步。櫻花姨邊唱著歌，邊拉起我的手，要我跟著一起跳舞。

以前在家，媽媽總要我讀書、補習、寫評量，我從來沒有機會跳舞，也沒有機會歌唱，想不到歌聲的魔力竟然這麼大，才五分鐘不到，我就學會了櫻花姨和阿健叔的舞步，和他們舞在一起。

忽然，我的耳朵傳來沉穩的歌聲：

漂亮的姑娘，可愛的姑娘，請你聽，這LOBO的聲音，代表著我對你的深情。請你告訴我，請你告訴我，黃昏之後的月下，那個可愛的姑娘，會不會前來赴我的約……

唱歌的人，竟然是強爺爺。

只見他站在阿健叔的身邊，跟著竹簧琴的樂音，一句一句唱，唱到某些句子，還深情的閉上了眼睛。

櫻花姨拉著我，我拉起艾可和日本看護，我們四個人繞著阿健叔和強爺爺踏著簡單的舞步，邊跳邊亂七八糟哼著。

阿健叔隨性的吹著竹簧琴，櫻花姨和強爺爺隨性的對唱著。阿健叔一直吹個不停，他們兩人便一次一次又一次的對唱個不停。

一直坐在角落的雄爺爺不知何時被歌聲喚過身來，直挺挺站著。我感覺到雄爺爺的腳好像一直想往我們這兒跨過來，想和我們一起唱歌跳舞，但是卻被他那莫名其妙莫的自尊心拉住了。

很久以前，學校的音樂老師開玩笑說，原住民天生富有音樂細胞，打出娘胎就會彈吉他唱歌，我一直認為老師在騙小孩，可是，此時此刻我相信了。

更令人驚訝的事發生了。

請讓我告訴你，

請讓我告訴你，英俊的青年，你是個挺拔的勇士，你是慓悍的泰雅勇士。

你聽，LOBO的聲音，代表你的強壯和勇氣，我在等著你狩獵回來，英俊的青年，泰雅的勇士……。

這聲音，是如此熟悉，卻又如此滄桑。

我突然想起來了，在我很小很

小的時候，每天下午，阿嬤拍著我的肚子，陪在我身邊，哄著我午睡時，不都唱著這首歌嗎？

難怪我剛才一聽到櫻花姨的歌聲就覺得有一種熟悉感，腳下很快就學會配合的舞步了。可是櫻花姨的歌聲比較輕柔比較飄忽，阿嬤的歌聲比較滄桑，令人有疲累想睡的催眠效果。那麼……

我們都轉頭望著阿嬤，阿嬤陶醉在自己的歌聲中。她跟著阿健叔的樂音，緩緩唱著古老的泰雅族情歌。

突然，角落裡的雄爺爺再也忍不住了，他跑過來，拉著強爺爺走到輪椅邊，牽起輪椅上的阿嬤，流著淚說：「來，我們三個一起唱這首媽媽教我們的歌。阿健，一直吹，我沒有說停，你不能停。其他的人，會唱的跟著唱，不會唱的在旁邊跳舞。」

雄爺爺說著，張口就唱：

漂亮的姑娘，可愛的姑娘，請你聽，這LOBO的聲音，代表著我對你的深情。請你告訴我，請你告訴我，黃昏之後的月下，那個可愛的姑娘，會不會前來赴我的約……

月光下，三個老人，手牽手唱著古老的情歌，歌聲在夜空中飄著，盪著……

我抬頭，看到天空那座彎彎的黃拱橋幻化出鮮豔的七彩色澤，一個梳著日本頭的泰雅婦女，正笑吟吟的望著她的三個久別重逢的「老孩子」，他們一起唱著幼時母親教他們唱的情歌。

6

離別的時刻到了。

就和我們來時一樣，大家坐在阿健叔的廂型車中，雄爺爺站在車門外。

「大哥，我很抱歉，前幾天對你那樣冷淡，今天才想跟你說些話，你卻又要走了。」雄爺爺不好意思的說。

強爺爺點點頭，什麼都沒說，只是拍拍雄爺爺的手臂。

「如果不是昨晚你們唱那首歌，我可能現在還拉不下臉來和你話別。」雄爺爺敲著自己的頭說，「那樣的話，我一定會把『後悔』兩個字帶到棺材裡埋起來。」

「你心中的怨，我知道。爸爸和我把你丟在臺灣，秀娃又丟下你到都市去。一直被親人丟棄的感覺對你的傷害一定很大。」

雄爺爺望向阿嬤，昨晚那個高唱泰雅情歌的阿嬤又失蹤了。坐在車上的，是眼神渙散，無法和他人目光對焦的老婦人。

「還好，我一直住在山上，也一輩子和媽媽住在一起。」雄爺爺突然笑了，他從口袋掏出一個雞蛋大小的白色塑膠藥罐，遞給強爺爺。

「這個給你帶去日本。」

「這是什麼補藥？」強爺爺打開瓶蓋，裡面裝著一瓶的泥土。

「謝謝你把爸爸帶回來給媽媽和我。」雄爺爺搔著頭不好意思的說，「我今天一早就去媽媽墳上挖了這個給你。你帶著，媽媽在彩虹橋上一定會循著泥土的味道找到你。」

強爺爺笑了。他把塑膠藥罐放到外套的口袋裡，「也許我死後爬不上彩虹橋，但是沒關係，有了媽媽墳上的土，我還是可以和她相連在一起，就像我在她肚子裡靠著臍帶緊緊相連。謝謝你。」

「時間差不多了，再拖下去，飛機就要飛走了。」阿健叔發動了引擎。

強爺爺一直強壓住的情緒突然失控，嘴脣扁了，聲音啞了。「我已經老了，身體又不好，這次分別，恐怕再也沒有機會……」

這回，換雄爺爺伸手拍強爺爺的臂膀了。

「我的身體還好，也許明後年就去日本看你。如果我去不成日本，百年之後，咱們還是可以在彩虹橋上相見。別忘了那罐土，媽媽一定會幫我們的。」雄爺爺笑了。「彩虹橋見！」

「彩虹橋見！」

阿健叔油門一踩，車子像箭一樣往前駛去。

我回首望去，雄爺爺站在原地，不斷的朝著我們揮手。陽光下，行過的路，煙塵滾滾。我彷彿看到陽光在煙塵中折射出一道彎彎的拱橋，紅、橙、黃、綠、藍、靛、紫，哇！是一道漂亮的彩虹橋呢！

——本文榮獲二〇〇八年玉山文學獎少年小說第二名

6

等待一朵花的開放

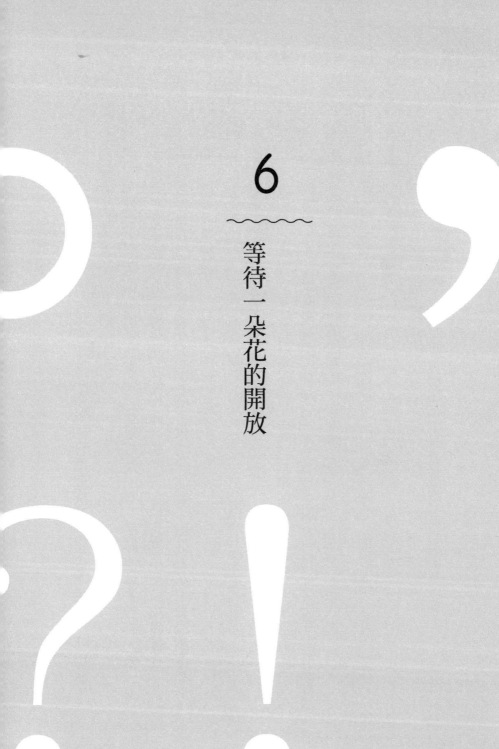

中午十二點十五分，和平國小午餐的音樂聲突然停止，廣播器中傳出慈祥的聲音：

「各位老師各位小朋友大家好，我是校長，有一個好消息要告訴大家，由本校李子方小朋友照顧的曇花，即將在今晚開放，爲了讓小朋友認識曇花，工友叔叔已經特地將這盆曇花端到玄關，供大家欣賞，歡迎大家午餐後踴躍到玄關，欣賞含苞待放的『月下仙子』。」

午餐的音樂聲又再次響起。

但彭校長慈祥的聲音卻在許多孩子腦海裡激起一朵朵浪花，李子方，這個三年級男生，他在校園裡照顧出怎樣的一朵「月下仙子」呢？爲什麼從不曾廣播的校長，會在午餐時間破例對全校師生廣播？

1

彭校長第一次和小方照面，是在一個蟬兒蠢蠢欲動的初夏午後。

那是端午節的下午，彭校長依慣例，在假日午後到校園巡視。校園安靜如常，偌大的校園只見操場上一群少年在踢足球，一隻黑狗在球場邊跑來跑去，似乎在爲足球少年加油。彭校長站在操場邊的榕樹下觀看少年足球賽時，看到一個洋小孩。

洋小孩在榕樹下不停的轉圈圈，玩得那般專注，那般自得。轉著，轉著，洋小孩轉到彭校長的身邊。

「哈囉！好啊油！」滿頭白髮的彭校長看到眼前這個不斷旋轉玩樂的外國小孩，想到身爲一校之長，是應該好好進行一場國民外交才對。一時之間，他僅想起這句最初級的洋文，脫口而出的同時，彭校長也伸出了熱情的雙手，準備像外國影片中的祖父看到孫子般，給對方來個熱情的擁抱。

然而，眼前這個洋人小孩似乎對彭校長這個老人並不感興趣，他仍然在轉著自己的圈子玩。

「哈囉！」彭校長不死心，提高了音量，「好啊油！」

洋小孩依舊玩著自己的遊戲，彭校長尷尬的楞在原地。

「校長，他不會理你的啦！他這裡不大好。」一個在操場踢球的少年跑過來，右手指著自己的腦袋瓜。黑狗也跟著少年跑過來。

「哦？」彭校長訝異的望著眼前的少年，「你認識他嗎？」

少年點著頭，小聲說：「他是我弟，我媽要我帶他出來玩，但是他不能曬太陽，所以我叫他在樹下等我。」

彭校長蹲下來仔細看，才發現眼前的洋小孩，白頭髮、白皮膚、白眉毛，連眼睫毛也是白色的，眼珠子不是褐色，也不是藍色，是淡粉紅。

「原來是白化症的孩子。」彭校長心裡雖然吃驚，臉色卻迅速轉爲驚喜，「哎呀！原來是個可愛的小帥哥。叫什麼名字？上學了沒有？」

「報告校長，我叫李子齊，讀六年級，再過兩天就要畢業了，我弟叫李子方，我們都叫他『小方』，他還沒上學。」

「哦？這樣呀！」彭校長熱情的拍了拍小方的肩膀，「小方，歡迎你來和平國小玩耍，也歡迎你長大後來我們和平國小上學。」

小方偏著頭和黑狗玩，沒有看校長，也沒有回答。

「小方，校長在跟你講話，你要回答，不要只和旺旺玩。」子齊教著弟弟，但子方似乎沒有聽進去。

「小朋友，你剛才一個人在玩什麼遊戲？」校長好奇問。小方背轉過去，不搭腔。校長不死心，換個位置走到子方面前，蹲下再問一次：「小方，你爲什麼轉圈轉個不停？」

小方的目光，倉皇閃躲著，又背轉過去，摸著黑狗的頭，黑狗乾脆坐下來，享受著小方的撫摸。

「報告校長，我弟常常只理狗不理人，尤其是陌生人。」

「沒關係，以後上學，我們就不是陌生人了。」彭校長站起來，吩咐李子齊：「照顧好弟弟，不要讓他晒傷了。」

「我們有帶防晒用具出來。」子齊指著旁邊的一棵榕樹，彭校長這才發現樹下攏了外套、草帽和墨鏡。

「那就好。再見囉！」彭校長輕輕摸了小方的頭，繼續巡視校園。

2

秋風帶來涼爽的天氣，也帶來了新的學年，更爲和平國小帶來二十幾個吱吱喳喳的新學生。

開學第一天，教一年級的黃美滿老師像是一個尋寶的探險家，她捧著剛出爐的寶物清單，戰戰兢兢踏上講臺，開始唱名，清點她的寶物；李子方是她當天唯一沒有尋到的寶物。

「有沒有人知道李子方家住哪兒？或是幼稚園時和他同班？」黃美滿老師揚了揚手中的粉紅色註冊單和白色的學籍資料卡。

「老師，李子方是我的鄰居，我可以拿給他。」戴眼鏡的短髮女孩楊亦嫻舉手。

「請李媽媽到超商繳費，上學時把收據交給老師。順便提醒李媽媽把學籍資料卡塡好帶來交。」黃美滿老師不放心的叮嚀。

那天中午，學生們回家了，黃美滿老師獨自待在空曠的教室裡打掃，爲即將展開的教學活動作暖身。她望著空了一個早晨的座位，不禁好奇猜想：「這個沒有現身的寶物會不會是好酒沉甕底？會不會給我一個意外的驚喜？」

隔天一大早，黃美滿老師埋首清點註冊單時，一張寫著「李子方」的收據，和學籍資料卡突然放在桌上，緊接著，一個小心翼翼的聲音響起：「老師，對不起！我們來晚了。」黃美滿老師抬起頭來，看到一個短髮婦人帶著一臉的謙卑站在自己身邊。

「沒關係，找個位子坐下來！」黃美滿老師笑笑，轉頭對婦人身後的孩子說。一接眼，黃美滿老師差點叫了出來。

但是小方沒有察覺黃美滿老師的神情改變，他東張西望，一顆頭轉來轉去，就是沒有和黃美滿老師的眼神相交。

「小方，老師在和你講話，你要看著老師。」李媽媽拉著小方的手，但是小方依然故我。

「沒關係，孩子剛上學還不適應，以後慢慢就會好了。」

李媽媽點頭表示接受老師的安慰，小方卻在這個時候掙脫李媽媽的手往走廊跑去。

黑狗旺旺從教室外的走廊跑走，小方跟著黑狗回家了。

李媽媽匆匆忙忙的跟黃美滿老師要了家中電話，慌張的追著小方走了。

當天夜裡，黃美滿老師家的電話響起，是李媽媽趁著小方在客廳看電視，躲在房裡偷偷打的電話。

「資料卡上，子方的出生年份好像寫錯了。」黃美滿老師接了電話，馬上問。

「學籍資料是我親手寫的，全部都正確。老師，我們小方今年滿九歲了。」

「哦？」黃美滿老師驚訝的問，「子方看起來和一般孩子有點兒不一樣呢！」

「老師您說話太客氣了。」李媽媽單刀直入說，「其實我們小方除了是白化症患者，還有多重障礙，所以才會晚了三年才上學。」

李媽媽說，小方是個很固執的孩子，三歲以後就死守著自己的城堡，總是活在自己的世界中，不肯別人進去，自己也不願走出來。到了該上小學的年紀，也哭著不肯上學，每天在家不是和旺旺一起玩，就是坐在電視機前，爸爸媽媽天天勸，講了三年，直到今年八月他才答應進入學校讀一年級。但是他和媽媽說，他不要在學校吃午餐，也不要去上廁所，媽媽要每天中午來教室接他回家，他不要自己走路上下學，也不要和別人打交道。爲了讓孩子願意上學，李媽媽一切都答應了。

「只要他肯去學校上課，我就阿彌陀佛了，其他的，老師你可以別要求嗎？」李媽媽說。

「這——」一時之間，黃美滿老師竟答不出話來。

3

小方雖然比同班同學大了幾歲，但是發育遲緩的他，個子還是和一年級小朋友差不多。

在教室裡，小方的目光從不和別人接觸，也不曾開口跟任何人說話，無論是上課或是下課，他永遠面無表情直挺挺坐在座位，再加上他一身的白髮白膚，像是尊石雕像似的，同學們對小方是既害怕又好奇。

開學一個月了，黃美滿老師和全班小朋友雖然還沒聽過小方說話的聲音，但是，因爲李媽媽每天到教室接送小方，大家和小方的媽媽已經很熟悉了，對小方的情況也有了一些了解。

「上帝太累了，在製造子方的時候打瞌睡，忘記送給他五彩繽紛的顏色。但是，他和我們大家一樣，也希望能夠交到好朋友。」有一天，小方請病假時，黃美滿老師對班上小朋友說。

「可是老師，我們跟他講話，他都不理我們。我們怎麼跟他做朋友？」班長王大民說。

「老師，」楊亦嫻舉手問，「我就住在子方家隔壁，卻從來不曾看見他出來玩，也沒有聽過他講話，他會不會是啞巴？」

黃美滿老師笑了。「你這個鄰居消息不夠靈通唷！小方只是個性比較內向，據李媽媽說，子方在家有時候也是會跟家人講話的。」

「我媽也是這麼說。眞希望有一天能夠聽到子方的聲音。」

「我也想聽聽看。」王大民說。

「我也想！」

「我也想！」

臺下七嘴八舌的說著。

「既然大家都想，就要多主動跟子方聊天。」

「他都不理我們，我們一直跟他講話，不就像是個大傻瓜一樣。」坐在子方旁邊的小凱說。

「你們沒有多試幾次，怎麼知道子方永遠不理你呢？」黃美滿老師舉自己的例子，「老師每次叫子方到我桌前來拿作業，他有沒有過來？」

全班都搖頭。「沒有。」

「後來，都是老師把作業送到他座位去，對不對？那麼，你們會覺得老師像大傻瓜一樣嗎？」

全班張著純真的眼睛望著黃老師點頭，接著又搖頭。

黃美滿老師欣慰的笑了：「上帝雖然忘了送顏色給子方，但是，我們的友情卻可以讓子方的人生充滿色彩。」

望著講臺下一對對信任的童稚眼神，黃美滿老師覺得自己充滿了力氣，她想要改變眼前的狀況，更企盼自己可以早日走進小方心中的城堡。

4

太陽從東邊的屋頂笑呵呵爬上來，把大地照得亮燦燦的。樹上的鳥兒醒了，馬路上的車子也醒了，大家開始忙碌的一天。

彭校長站在校門口，笑吟吟的迎接小朋友上學。

「校長早。」學童對校長打過招呼之後，匆匆忙忙往學校玄關走去。

「小朋友早。」校長說著話時，還伸出手去摸摸學童的頭，拉拉學童沒有穿好的衣領。

李媽媽在校門外的導護路口停下機車時，「嗶——」穿著黃背心的導護媽媽們，正好吹動哨子。小方還想賴在媽媽身上，李媽媽卻突然伸手輕輕一推，喊著：「旺旺，過馬路！一直跑！」

黑狗旺旺跑著過馬路，小方見旺旺跑遠，也跟著旺旺過馬路，一人一狗，一黑一白，非常對比的顏色，導護媽媽們及其他小朋友們都投來驚訝與好奇的眼神。

這是小方第一次自己過馬路上學，之前李媽媽都是等導護媽媽收了崗，校門口往來人數減少之後，才帶小方上學。但黃美滿老師認爲小方應該學會自己過馬路，經過無數次的溝通、模擬，再加上對旺旺的訓練，小方才答應讓媽媽在學校對面停車，自己背著書包，帶著旺旺過馬路上學。

黑狗帶著小方，跟在一群背書包的小學生後面，有模有樣的過了馬路，來到校門口，彭校長站在大門口，見到全身白色的小男孩和黑狗，內心不禁尖叫：「這不是端午節那天在操場邊轉個不停的男孩嗎？」

「小朋友早。」彭校長不由得把聲音加大，還伸出手，往小方戴著的草帽摸去，但小方冷冷的走過去，沒有半點反應。倒是已經走進校門的旺旺，似乎覺得主人的反應不禮貌，又回過頭來往校長的褲管聞了聞，繞兩圈，才又追著小方繼續往玄關走去。

玄關的大圓柱上掛了一個鳥籠，裡頭的八哥看到上學的小朋友，也會和校長一樣，對著小朋友說：「早安！早安！」

每個小朋友上學，都會先到玄關看八哥，和八哥打過招呼才走進教室。

黑狗領著小方，跟著學童隊伍進了學校，也好奇的擠在人群中欣賞八哥。

「早安。」「早安。」

八哥看到小朋友圍著自己很興奮，在籠裡叫得愈發大聲。

小方的視力不好，只隱約看見鳥籠裡一坨黑黑的顏色竟然會叫「早安」，讓他覺得新奇，他想要看清楚些，愈湊愈近，整張臉差點就貼在鳥籠下方了。

當小方看清楚會說人話的，竟然是一隻黃嘴黑鳥，一道笑紋便不經意的從他的嘴角流洩出來。今天第一次自己練習穿越馬路上學的緊張情緒，瞬間轉爲興奮。他興奮的站在八哥前面，瞧著八哥，許多比小方晚來上學的小朋友都進教室了，小方卻還站在原地。

黑狗旺旺對鳥籠裡的八哥也感到十分新奇，一直站在旁邊伸著前爪，想要攀抓鳥籠，卻總是差一點兒高度。八哥受到了驚嚇，在籠子裡驚慌跳躍。

晨間打掃的鐘聲響起，上學時間結束了，彭校長脫下汗溼的帽子，走回玄關，看到小方緊靠著鳥籠嚇了一跳。

「哎唷！小心被八哥啄傷了。」彭校長趕忙彎腰檢查小方的臉，還好，一切完好。「以後記得別靠小鳥太近，萬一被啄傷就麻煩了。這是你們家的狗嗎？叫什麼名字？」

小方沒有回答校長，仍瞇著眼望著八哥。

「以後上學自己來就可以了，別帶狗來，牠好像想吃我的八哥呢！」校長把鳥籠提在手中，「跟校長把鳥籠放回校長室，我再陪你到教室。」

校長說著，牽起小方的手往校長室走去。小方竟然乖乖的讓校長牽手。

5

小方一踏進教室，黃美滿老師就迎上前來。「子方，你怎麼現在才進教室？媽咪剛才打電話來問你進教室了沒。」

小方回頭望著停留在教室門外的校長。

黃老師這才發現校長在教室外。「校長，您在哪兒找到子方？」

「他在玄關看八哥，忘了進教室，我帶他去校長室走走，晚了些過來，眞是不好意思，害你擔心了。」

「哪裡。謝謝校長幫忙照顧子方。」黃美滿老師吩咐班長，「王大民，幫忙把李子方帶回座位。」

校長見小方回到座位，才悄聲對黃美滿老師問：「這孩子很特別？」

黃老師點頭。「除了生理之外，還有多重學習障礙。」

「辛苦你了。我會積極爭取設立特殊班，讓這類孩子得到最適當的安置，在這之前，我也會盡可能幫忙照顧這個孩子。」校長說完就回校長室去了。

黃老師見到教室門外徘徊的黑狗，問小方：「是不是媽媽擔心你一個人過馬路會害怕？讓你們家的旺旺陪你上學？」

小方沒有答話，卻跑到教室外頭頓著腳，要把旺旺趕回家。

「嘻！小方家的狗。」楊亦嫻跑到教室門口，幫忙小方趕狗，「旺旺！快回家！」

教室裡的小朋友們看到小方和楊亦嫻一起趕狗，覺得很新鮮，一窩蜂擠到前門，趕著黑狗，嚇得黑狗一步步往樓梯口退去。

「大家回座位！只是一隻黑狗而已，不要小題大作，現在拿出昨天的作業，排隊交給老師改。」

鬧哄哄的教室霎時安靜下來，大家用眼角瞥向小方，也瞥向又回到走廊，趴在地上的旺旺。班長王大民想起，剛開學時的班親會阿嬤來參加時，竟然指著安靜坐在教室角落的小方，對著李媽媽說：「李太太，我前兩天在臺北火車站看到你們家子方，咦？你怎麼讓他一個人跑到臺北去？」

其他幾個家長都轉頭去看李媽媽，只見李媽媽悠悠的說：「你看到的不是我們家小方，像他們這種患者，都是白頭髮，白皮膚，外出又戴著一副墨鏡，看起來都很像。」

「噢！原來是我搞錯了。」阿嬤尷尬的笑著，李媽媽笑得更尷尬。

小方上課看不清楚老師黑板寫的字，又不能出去外面晒太陽，每次考試都考不好，也沒有朋友，更糟糕的是，竟然還有很多人和他長得很像。那時，王大民好同情小方，覺得小方眞是全天下最倒楣的人了。

可是現在王大民卻羨慕起小方來了。他擁有這麼一隻外表黑亮、肌肉結實的旺旺當寵物，眞是太幸福了。這隻黑狗，是多麼忠心耿耿！小方在教室裡上課，牠就趴在走廊，痴痴的望著小方，那效忠的眼神，多麼令人心動。而且，更令人嫉妒的是，方才校長牽著他的手一起走到教室，那樣子，好像兩個好朋友手牽手一起去郊遊似的。

同樣的想法，也在班上其他同學心中發酵著。大家都在教室裡煎熬著，就等下課的鐘聲一響，要去巴結小方，並且叫小方把旺旺讓給自己玩一玩。

今天學校鐘聲似乎特別偷懶，等了半天總也不響。黃美滿老師的作業改得似乎也比平常慢，令全班同學都覺得自己好像監獄裡的囚徒，老是等不到釋放的命令。

「噹！噹！噹！噹！」下課鐘聲終於響起。黃美滿老師的「下課！」還沒說完，全班同學都擠到小方座位。

「子方，校長請你到校長室喝飲料嗎？」

「子方，旺旺借我玩一下好嗎？」

「子方，校長室的椅子坐起來舒服嗎？」

「子方，你家的旺旺會咬人嗎？可不可以讓牠跟我玩一下？」

同學們七嘴八舌的圍在小方周圍，平日縮在自己座位的小方雖然顯得有點兒手足無措，不知如何面對同學們的熱情，但是他的臉部線條顯然比平時和緩不少。

上課鐘響後，黃美滿老師從辦公室走回教室了。

「子方，校長請你每天早上第二節下課到校長室幫他做事。」黃美滿老師走到小方座位。

「呵！我也要去！我也要！」臺下一陣羨慕聲，「可以去校長室和八哥玩耶。」

「校長說，全校只有子方和他是白髮國的，所以他選子方做校長室的小志工，每天去幫忙做一件事。」

「什麼事？」大家都好奇極了。

「天機不能洩漏，洩漏了就不是天機了。」

「老師，子方的眼睛不好。他可以做得來那件事嗎？」班長王大民覺得疑惑。

「大明說得極有道理。這個校長都想好了。所以，他允許子方每次到校長室當志工時，可以挑一個同學當他的志工陪他去，這樣就沒問題了。那麼，今天該誰陪子方去呢？」

「我！」「我！」「我！」整個教室搶成一片。

「哇！」黃美滿老師誇張大叫，「子方，你眞是超人氣的萬人迷耶！」

「哈哈哈！哈哈哈！」同學們一個個笑得東倒西歪。

小方看到大家笑了，也糊里糊塗跟著笑了。他在眾多高舉的小手中，指了指王大民的手。未被挑中的同學們不約而同發出了失望的嘆息聲，楊亦嫻率先從失望中找到了新的希望：「子方，明天換我呵。」

小方又笑了。

「後天是我。」小凱也搶著預定。

「大後天輪我。」

「我也要。」

「我也要。」教室裡又搶成了一片。

黃美滿老師在一旁看到小方和同學們開心笑著，才想起忘了回李媽媽的電話。她拿起話筒，撥通了子方家的電話：「李媽媽，你們家小方已經安全進教室了。你早該放手讓他自己學習了，現在他開心的和同學在一起呢。」

6

早上第二大節下課有十五分鐘的下課時間，是小朋友們最喜歡的時段。

小方和王大民衝到校長室。

「報告。」王大民說。

校長聽到聲音，從一大疊公文中抬起頭來，看到小方和另一名小朋友，便放下手中工作，站起來歡迎兩人：「子方，謝謝你來幫校長做事。這位帥哥，你叫什麼名字？」

「王大民。我是班長。」

「噢！原來是一年甲班的班長呀！你是李子方的好朋友嗎？」

「是，我們全班都是他的好朋友。」李大民怕校長不相信，使勁的猛點頭。小方一直望向陽臺女兒牆上的八哥，似乎沒有聽到校長和王大民的話。

校長瞥見小方的神態，突然有了妙點子。他帶頭走往陽臺。

校長室的陽臺像個小花園似的，種滿了各式各樣的盆栽：桂花、茉莉、含笑、七里香、玫瑰、九重葛、桑樹……校長從陽臺角落拿出一個灑水器，交到小方手裡：「子方，大民，你們幫校長把這些花澆一澆，順便跟八哥說幾句話，校長太忙了，沒空陪牠。」

小方兩眼發亮。

「來，校長教你怎們怎麼澆花。」校長又把澆花器拿回來，放到水籠頭底下盛半滿，交到小方手裡，指著眼前的盆栽說：「有沒有看到這些花，它們都快枯死了，需要喝水。你把這些水澆在它們上面，讓它們趕快開花。做完了要記得陪陪小鳥。」

小方沒有回話，卻把灑水器接過來，開始學著澆花，才澆完了桂花、七里香，剛開始澆曇花時，水就沒了。

「再去裝水，下一次從曇花接著澆下去。」校長轉頭望向王大民，「除了這盆曇花從來不開之外，其餘校長種的這些花經常都開得很美麗，歡迎你們常來參觀。」

「我也可以常常來澆花嗎？」王大民問。

「那當然，只要子方願意讓你陪，你當然可以陪著他一起來幫校長澆花。」校長指著眼前那盆枝葉鮮少的曇花說：「這盆曇花從來都沒開過，不知道它的顏色是像校長和子方的頭髮一樣白呢？還是像黃美滿老師的衣服那麼紅？」

「哈哈！」王大民忍不住笑了。東張西望的小方雖然沒有停下來聽校長說話，但是校長卻及時捕捉到小方無意間從嘴角流露出來的一抹微笑。

7

寒假時，小方的媽媽打電話給黃美滿老師，謝謝她送小方一個壓歲紅包。

李媽媽欣慰的告訴黃老師說：「我們小方可能是長大了，比較會替自己想，最近在家肯自己看書。以前，我叫他寫功課，他就發脾氣，還用拳頭打我呢！」電話中，黃老師聽到一個沙啞的聲音在旁邊叫嚷著：「媽媽，不要告訴老師我的事情。」

冬天過去後，春天來了，小方進步得更明顯了。

他能夠和同學一起排隊交作業，習作有錯誤，也肯聽老師的話，帶著橡皮擦、鉛筆到老師的辦公桌前，接受個別指導。但是，他仍然不說話。

那一夜，小方因治療腎結石，連續三天未上學之後的夜晚。十點半時，黃美滿老師家的電話鈴聲響起，她接起話筒喂了一聲，話筒立刻傳來一串爆炸碎裂的聲音，每個字的音都很短促，句子卻很長，霹哩啪啦的像一大串鞭炮，在靜謐的夜裡燃放。

「喂！你是誰？」黃美滿老師多麼希望身旁有個人，可以幫她翻譯出鞭炮聲的原音。

「誰開我這個玩笑？」黃美滿老師心裡覺得奇怪，卻不敢掛上話筒，因爲那聲音顯得非常緊張急切，又彷彿在求救。

「你找誰？有什麼事？」黃美滿老師握著這通怪異的電話，頓時渾身雞皮疙瘩。

「功課？今天功課？」話筒斷斷續續的字音，在黃美滿老師的腦中玩著拼圖遊戲，「三天的功課？」

黃美滿老師終於聽懂，原來是小方打電話來，問回家功課。他要補寫缺課這三天的作業。

在學校從不曾張口說話的小方，竟然在電話中和黃美滿老師對談！那晚，眞是一個令人驚奇而興奮的夜。

隔天，小方回來上學了。小方的媽媽偷偷告訴黃美滿老師，前一夜小方要媽媽幫他打電話問老師功課，她堅持不肯，小方逼急了，只好自己拿起話筒。

「這是我們小方第一次打電話呵！」小方的媽媽難掩興奮的說。

李媽媽的快樂情緒傳染了黃美滿老師，雖然小方病癒返校後，仍然冷漠待人，仍然不肯回答老師或同學的問話，甚至當老師伸手去拉他時，他還是會用力甩開老師表達善意的手。但是，黃美滿老師知道他在乎功課，知道他在乎老師對他的觀感。

轉眼間，兩年過去了。小方和同學們升上了三年級，成爲張美玉老師的學生。他仍然每天早上到校長室的陽臺澆花、看八哥。他坐在教室中仍然像個石雕像。

這一天，小方在那盆從不曾開花的綠葉盆栽中發現了四個白色的花苞。

「哇！曇花要開了，曇花終於要開花了。」今天陪小方到校長室的是楊亦嫻，她抓起小方的手又叫又跳，「我要去跟校長報告。」

校長很快走過來了。

「噢！全世界最純潔的花！」彭校長看到花盆裡的白花綠葉，無限驚喜，「果然是我和子方合作種出來的曇花，哈哈！我們白髮國又多了一個成員啦。」

那四個紡錘形花苞左兩朵，右兩朵，像是即將變成大喇叭，要向世界發出最美妙的聲音。

校長得意的說：「再過幾天，等花要開放時，我一定要讓全校小朋友知道，這盆純潔美麗又害羞的花，是李子方小朋友照顧的。他每天澆水，終於澆出和他一樣可愛的花來。」

8

這天放學的時候，和平國小的小朋友全都改從玄關走出校園大門。大家都擠著看那盆從校長室搬來的曇花。

白色的花苞雖然還沒有綻放，一時看不到花苞裡頭的花蕊，但是，從它們散發出的淡淡清香，可以知道晚上應該就會開花了。花盆中央最高的那枝綠葉上掛著一張說明牌：「預計開放時間：今天晚上十一點到明天清晨。澆花小志工：三年甲班李子方。」

當放學的音樂停止，玄關的小朋友也走光了。

一年級的姚美滿老師和三年級的張美玉老師一起走到玄關時，看到校長正拿著相機拍曇花。

「你們快來看。」彭校長對著兩位老師招手，「你們看，這盆曇花種了三年，今晚終於要開了。」

張美玉老師看到說明牌上寫著「李子方」的名字，開心的抓著黃美滿老師的手臂說：「忘了告訴你，我們班的李子方最近進步好多，音樂課時已經肯跟著大家打拍子了。」

「長大了嘛，說不定六年級時，還會開口跟著大家唱歌哩！」黃美滿老師樂觀的說，「只要我們有足夠的耐心等待，小方遲早都會走出自己的世界。」

「黃老師說得對極了。」彭校長得意的說，「再小的蓓蕾，也有屬於它的綻放時刻。今晚，我要守候在這兒，等待這朵小花的開放。」

——省教育會五十週年徵文得獎作品〈等待一朵花的開放〉修寫

附錄：姜子安少兒文學著作一覽表

書名	出版社	出版日期
我愛綠蠵龜	九歌出版社有限公司	一九九八年七月
眼鏡兒的早春情事	幼獅文化	二〇〇〇年二月
野百合也有春天	百盛文化	二〇〇一年十月
好蛇塔西斯	百盛文化	二〇〇二年八月
一個女孩的抉擇	百盛文化	二〇〇三年九月
尋	基隆市文化局	二〇〇四年
當少根筋遇到了馬屁精	百盛文化	二〇〇四年七月
流星媽媽	百盛文化	二〇〇五年六月

姜子安少兒文學著作一覽表

恐龍妹妹找媽媽	世一書局	二〇〇六年一月
阿良造紙	世一書局	二〇〇六年一月
大愛行動家——范仲淹	三民書局	二〇〇七年一月
金鑰匙	九歌出版社有限公司	二〇〇七年八月
承先啓後的文學家——韓愈	三民書局	二〇〇八年二月
我愛綠蠵龜（新版）	九歌出版社有限公司	二〇〇八年七月
八月七日情人節	民生報事業處	二〇〇九年六月
北極熊王子流浪記	小兵出版社	二〇一〇年二月
阿毛王子不見了	新苗	二〇一〇年四月
可樂海的祕密	小兵出版社	二〇一〇年七月
土地婆婆不在家	小兵出版社	二〇一〇年十月
熊熊村妙字小故事	狗狗圖書	二〇一〇年十二月

封神演義　三民書局　二〇一一年二月（改寫）

大俠古安安——姜子安精選集　九歌出版社有限公司　二〇一一年十月

新世紀少兒文學家 9

大俠古安安
姜子安精選集

著者　姜子安
繪圖　李月玲
主編　林文寶
執行編輯　鍾欣純
發行人　蔡文甫
出版發行　九歌出版社有限公司
臺北市105八德路3段12巷57弄40號
電話／02-25776564・傳真／02-25789205
郵政劃撥／0112295-1
九歌文學網　www.chiuko.com.tw
印刷　晨捷印製股份有限公司
法律顧問　龍躍天律師・蕭雄淋律師・董安丹律師
初版　2011（民國100）年10月
定價　**250元**

書號　0171009
ISBN　978-957-444-791-6
（缺頁、破損或裝訂錯誤，請寄回本公司更換）

本書獲高雄市政府文化局熱烈協助
Bureau of Cultural Affairs Kaohsiung City Government

國家圖書館出版品預行編目資料

大俠古安安：姜子安精選集／姜子安著；
李月玲圖. -- 初版. -- 臺北市：九歌，
民100.10
面；　　公分. --（新世紀少兒文學家；9）
ISBN　978-957-444-791-6（平裝）

859.6　　　　　　　　　　　100016825

新世紀
少兒文學家

新世紀
少兒文學家

新世紀
少兒文學家

新世紀
少兒文學家